suncolor

suncolor

相遇之時、盛開之花

怪物新人作家 青海野 灰——著

梨棗纍纍不見君，黍粟結實成相思，蔓草相依偎，待得重逢時，蜀葵花盛開。

suncolor
三采文化

繁體中文版獨家作者序

不想遺忘的溫度、不想忘卻的記憶

初次見面，我叫青海野灰。感謝大家對我的故事有興趣。

我以本書《相遇之時、盛開之花》獲得了第二十五屆電擊小說大獎「評審委員獎勵獎」。一開始接到通知電話，是我加班回家在電車站月台等車的時候。我至今仍記得很清楚，當時因為工作的疲憊以及車站通知電車抵達的吵鬧鈴聲，我跟對方說：「不好意思，請您等一下再打來。」就這樣迅速結束了通話。直到後來才注意到，編輯親自打電話來應該是發生很不得了的事情才對。

本次感激的是，這本書也要在台灣出版了。這是我第一次讓國外讀者看自己的故事，一方面不知道該如何看待這件事，擔心是否能好好傳達自己的想法，一方面也非常期待。

這個故事以心臟移植造成記憶轉移為題材。我曾在電視上看過討論記憶轉移的節目，覺得十分戲劇化。如同我在故事中事先聲明的一樣，這是個沒有科學根據、很可疑的故事，但會發生這種神奇故事的世界，不是很棒嗎？

只要喜歡上某人，我們的內心便會時而雀躍時而疼痛。手掌只要記住了牽著手的溫度，每到冬天便會有所察覺。我們稱為「心」和「回憶」的東西，到底從身體裡的何處誕生？又位於和保存在哪裡呢？即使是科學發展到這個地步的現代，我也不太清楚自己的身體。

我有不想遺忘的人、不希望消失的回憶。若是失去這些，感覺我就不再是我了。然而，若那些重要的過去和記憶，就像不會消失的痕跡刻在自己體內某處的話……這個事實溫暖了我的心，甚至讓我有點喜歡起自己懷抱著那些的身體。

我所走過的道路、經過的時間，都沒有消失在時間的洪流中，而是確實存在於自己體內。強烈的心意和願望甚至能超越時空引發奇蹟。只要有這種認知，我今後也能抱著重要的過去，邁向未來。

這就是腦袋裡想著這種事的人所寫的小說，希望大家能看得開心。

若你體內也銘刻著重要記憶的話，請試著一邊想著那些記憶一邊看這個故事吧！

會發生這種不可思議故事的世界，不是很棒嗎？

目次

【記憶轉移】ㄐㄧˋ ㄧˋ ㄓㄨㄢˇ ㄧˊ

患者接受器官移植手術後，繼承器官捐贈者部分記憶的現象。

接受器官的患者（器官受贈者）以做夢的形式體驗捐贈者的記憶，在不自覺的情況下得到本來無從獲取的知識。除了記憶外，也有繼承捐贈者興趣和嗜好的情形。

現今並無任何科學根據承認此一現象。

第一章
兩人的初戀

▶

我今天又做夢了。因為只有在那個夢裡，我才有真正活在這個世上的真實感。

夢裡，女孩身上的水手服在陽光燦爛下隨風翻飛，和朋友們開懷大笑，對閃亮的未來充滿期待，渾身上下迸發生命的能量。

女孩的體內是水，也像溫暖的海洋。在那片海洋裡，我隨波搖晃、漂浮，經由她的眼睛看她所見；藉由她的耳朵聽她所聞；透過那溫暖的皮膚感受她所觸碰到的事物。於是，我便能忘卻我身為「我」的一切苦痛，成為「她」，享受這個世界。

一望無際的藍天澄澈如洗，輕柔拂過的微風與和善的人群，一切都閃閃發亮，整個世界光彩奪目。

夢見這個夢的那天我總會哭著醒來。在透入窗簾的晨光裡、小鳥啁啾中，無能為力的憧憬撕裂全身。我蜷縮身體，喉嚨深處靜靜逸出宛如迷路小狗般的嗚咽。

我想去那裡，那個光芒閃耀的世界。

我離開被窩，在洗臉檯前洗臉。鏡子裡的男人毫無生氣，跟夢中透過女孩眼睛看著鏡子時，那宛如夏日向日葵的臉一點也不像。我雙手撐在洗臉檯上，緩緩地深呼吸——今天也必須活著才行。我右手摀著胸口，珍惜地確認那份跳動。

用完早餐，換上制服，離開公寓。我一邊下樓一邊傳手機訊息給母親：「早安，我去學校了。」「好，路上小心。」——馬上收到一如往常的回應。因為討厭待在那個令人窒息的家裡，我報考了外縣市的高中，好一個人生活。雖然交換條件是得這樣定期聯絡，但我其實分不清這個人是將我當成孩子來愛，還是維持面子的工具來保護。

初夏時節，我配合心臟跳動的頻率緩步而行，這麼做總會讓我產生一種和夢中女孩一起散步的心情。我望向路旁蜀葵花搖曳的可愛身影。蜀葵花的花語是，充滿高潔威嚴的美、熱戀等等。過去，我根本不知道這種花的名字，也對它沒興趣，但我喜愛夢裡透過女孩所得到的知識勝過任何事。

梨棗纍纍不見君，黍粟結實成相思，蔓草相依偎，待得重逢時，蜀葵花盛開。

這首出現蜀葵花、作者不詳的《萬葉集》和歌也是從她那裡學來的。作者循著季節寫下各式各樣的植物，並以這些植物為喻，將「想見你」的心情以及期待相逢時繁花盛開的希望寄託在蜀葵花身上，意境宛如承接朝露的新綠般優美。在某次夢裡，陽光溫柔地灑落在教室中，我從女孩的體內感受到她為這首短歌觸動、震撼的心情。

想見妳，期盼有一天能夠見到妳。

然而，對我而言，那個「有一天」永遠不會到來。

高中的課業大部分都很無聊。我隨意抄著筆記，望著窗外。儘管如此，因為夢中成為那個女孩的記憶，功課還算勉強過得去。

體育課時，其實只要不是過度激烈的運動都沒問題，但我還是撒了謊，總是在一旁看著大家上課。自從我在入學後的第一天體育課讓體育老師看了自己從喉結一路延伸到腹部的粉紅色傷疤後（雖然他事先可能已經聽班導說過我的經歷了），他便把我當成壞掉的玻璃藝術品般過度謹慎對待。

起初，大概是我體育課時跟大家不一樣，總是在旁觀看的關係，有幾個同學會好奇地來搭話。不過，在我的敷衍應對中，最後有一半的人都失去了興致。兩個月後，我成功成為教室空氣的一部分。除了一個人，也就是現在依舊從前面座位跟我搭話的小河原。

「八朔朔。」

我姓「八月朔日」，是個不常見的姓。他喊著擅自將其改造後的稱呼。

「你老實說，你到底為什麼體育課的時候一直都在旁邊看？」

我撐著臉，望著天空中緩緩流動的雲朵，小聲嘆了口氣。

「我之前不是說過了嗎？因為我胸部有傷。」

「所以說啊，那到底是什麼傷？你已經休息兩個多月了，是那種一輩子都不能上體育課的傷嗎？」

「體育課不會上一輩子吧？」

「不要扯開話題。如果在這種敏感的問題上模模糊糊打太極的話，別人可能就會有所迴避和顧慮，對你之後的人際關係造成阻礙吧？所以我想弄清楚這件事。」

小河原手肘撐在桌上，探出身體，惡作劇似的瞇起細框眼鏡後的眼睛，小聲加了句：「身為朋友哪。」

對於這個世界的時間和人生我總是感覺不真切，頻繁做那些夢後更是如此。我不斷想著，或許自己真正存在的地方不是這裡，而是夢中那個每天過著燦爛日子的女孩的柔軟身體裡。

儘管如此，對必須活在這個世界的我而言，開學兩個月後至今依然關心我的小河原，為我能在這裡順利生活帶來很大的幫助。

雖然內心有點猶豫，我還是保持撐著臉的姿勢閉上眼，緩緩吸一口氣準備開口。

「我國一的時候——」

「哦？喔喔！」

儘管因為閉著眼睛看不見小河原，但是我仍然感覺得出來他似乎察覺到我不同的氛圍，端正姿勢的聲音。

「接受了心臟移植手術。」

「……真的假的！」

閉上眼，控制大部分感受的視覺遭到屏蔽後，其他感知變得敏銳起來。

我凝神傾聽女孩心臟為我帶來的，溫柔而甜美的律動節奏。

＊　＊　＊

我似乎被診斷罹患了「限制型心肌病」（Restrictive cardiomyopathy，

ＲＣＭ）。

本來，我就覺得自己比周圍的人容易喘和疲勞，小學五年級在體育課上昏倒後，緊急送醫的診斷結果令當時的父母震驚不已。五年存活率大約七成，十年存活率約四成，若是兒童的話則更嚴重——我是後來才得知這些資訊的。

如今，有點置身事外地覺得對年僅十歲的少年而言，要背負這樣的命運實在太過殘酷。畢竟，我當時是個什麼都不知道的孩子，父母又對那樣的我非常溫柔，只覺得「雖然自己好像得了什麼病，但可以不用去學校，爸爸媽媽又很溫柔，lucky！」

之後，我轉入大醫院的病房過起住院生活，接受各式各樣的治療。儘管辛苦，但因為父母給予了我過去想像不到的溫柔，加上學校朋友們的探訪，總算也都克服過去了。

最後，當我一成不變地待在病床上，而且準備升上國中時，收到了奇蹟般的通知——我在病症初期找到了器官捐贈者。我不知道那是不是因為母親身為一個還算有地位的政治家，其力量或是相關門路的影響所致。總而言之，捐贈者的血型、體型與我相符，經過了多項檢查，醫生判定我是個正常的受贈者後，我就在十三歲的梅雨季，接受了連主人都不知道是誰的心臟移植手術。

經歷大約半天的術程，我在晨光裡緩緩地從全身麻醉中甦醒。我心懷敬畏，清楚感受到衝擊整個胸口的悶痛以及確實存在其中跳動的器官。那不是我的東西，而是曾經屬於某個已經死去的人，藉由一種不自然、人工的方式植入我的身體，用類似奪取別人生命骨幹的形式讓我現在這樣活了下來。我對這個事實有著近乎感動的畏懼。

大概是麻醉的關係，我移動似乎不屬於自己的右手，隔著病人服觸摸胸前的傷口。傷口發出宛如電流竄動的疼痛，我皺起臉。想到那道縫補的痕跡之下就是關在我體內、因某人的失去與善良所帶來的器官，眼淚流了下來。

——那天夜裡，我夢見自己變成一個不認識的女生，在晴空下的草原來回奔馳，我真的好久沒有像這樣盡情活動身體了，爸爸媽媽面帶笑容，遠遠地看著我。心口因為不可思議的懷念、疼惜和難過而痛苦著。夢醒後，我又哭了。

我經過充分的術後觀察與復健後，終於出院了。從喉嚨一路延伸到腹部的手術疤痕似乎也可以再美化，但我沒有選擇這麼做。我覺得這道傷痕可以隨時告訴我，自己是裝了一顆接收而來的心臟而活著的事實。

幫忙媽媽工作的阿姨來接我出院，開車送我回家。車裡，那位阿姨用不同以往的嚴肅聲音告訴我，我的父母離婚了，扶養權由母親取得，還有兩人大概從我住院後就一直不斷爭執的事。

我從來不曉得這些事，因為父母在病房裡展現的都是非常溫柔的樣子，看不出有什麼問題。儘管如此，大人卻會在小孩不知道的地方爭執、決裂，然後完全不會讓小孩看見，這件事令我大受衝擊。我希望他們不要擅自作主，希望他們能跟我說。也覺得這一切——不管是他們分開還是沒有跟我說便決定離婚這件事——果然，大概，都是我害的吧。

此時，我有生以來第一次深切體會，自己是個多無力的小孩，以及一路上都是在周圍大人和社會保護下天真生活的事實。初夏的陽光和我的心情相反，燦爛得不像話。車子奔馳在冷冰冰的高速公路上，我坐在車子後座，右手摀著左胸感受那份跳動，一直低著頭。

那天起，我就改姓母姓「八月朔日」。在少了一名家族成員的家裡見到的母親，感覺比我住院前更加冷靜理性了。關於我的遭遇，也有幾家媒體來談採訪，但似乎全都遭到她的拒絕。

之後，我偶爾還是會夢見自己變成一個陌生女孩。每次做夢，女孩便一點一點地長大，夢醒時，我總是在哭泣。起初，我認為這只是某種神奇的夢，但漸漸地，我開始覺得那或許是如今在我左胸口溫柔跳動的、某人心臟的記憶。

一般來說，器官受贈者不會得知捐贈者的資訊。我用房裡的電腦查了一下，在過去登錄器官移植需求的網站上看到一個「討論區」的頁籤。點進去後，裡面刊載了一些移植經驗者或是捐贈者家屬的筆記或信件，我一篇一篇閱讀。

裡面的文字全是受贈者深沉的感謝與活下來的喜悅，以及捐贈者家屬在悲痛心情中的決心、對繼承重要家人器官的受贈者溫暖慈祥的話語。我感同身受讀著那些內容，淚流滿面。待心情平復後，我準備好紙筆，決定也要寫封信，結果卻一個字也擠不出來。

我的手有權力寫下網站上那樣溫暖閃亮的話語嗎？不，體面的感謝話要多少我都能寫，但那是我的真心話嗎？捐贈者家屬在悲痛的心情下將重要的人的一部分取下來送給我。如今的我，擁有能夠抬頭挺胸面對他們的生命價值與喜悅嗎？想到這裡，手中的筆便滑落在冰冷的地面。

父親無聲無息地離開我，去了某個遙遠的地方；母親幾乎不在家，偶爾見面也是說不上來的冷淡，對待我也是小心翼翼。用餐時間，我總是一個人吃著幫傭做的菜。然而，夢中成為那個女孩的時間，是非常幸福滿足的。

「女孩的我」自由自在，即使偶爾有煩惱，每天依舊非常開心。

在學校念書、和朋友玩耍，和家人共享溫暖的飯菜，僅是因為「明天會再度到來」便會感到喜悅。每當我早晨醒來，胸口就會一陣絞痛，靜靜地發出呻吟。我想去那裡。光是今天又要在不是那裡的這個地方度過便痛苦不已。儘管如此，我還是得活下去。

我利用國中的課餘時間在網路和圖書館搜尋了各式各樣的書籍資料，知道了即使性別不同，器官移植也不會有問題。受贈者在器官移植後興趣或個性改變、在夢中知道了不應該知道的捐贈者資訊、存有情感的心臟、記憶轉移——全都是些沒有科學證明又可疑的故事。然而，無論他人的案例也好，科學根據、合理性也罷，和這些事情都沒有關係，我就是不可思議地肯定——

我夢中所見的光景，就是現在轉移到我身上、讓我活下來的那顆心臟原主人的記憶。是因為某種理由年紀輕輕過世，那個美麗少女的燦爛回憶。

那些夢和女孩的存在，成為對我而言最重要的事物。

是我絕對不會實現，也無法觸碰，過於透明，也過於殘忍的初戀。

＊＊＊

我閉上眼，在走廊和教室的喧囂中浮現了女孩的心跳聲。怦怦、怦怦。

我珍惜地捧起那道聲音，輕輕抱進懷裡。

「……所以，你的意思是，因為那個手術的影響不能運動嗎？」

在黑暗的寂靜中，傳來小河原略帶顧慮的聲音。我睜開眼，高中教室的背景裡是一臉嚴肅小心的小河原。

「不是，我可以跟平常人一樣運動。」

「那你為什麼都在休息，是偷懶嗎？」

我沒有跟小河原說我做的夢以及女孩的事。就算說了我也不認為他會相信，而且我也不想說。我想將女孩的存在當成只屬於我心中的祕密。

「因為很浪費嘛。」

小河原歪頭表示不解。

「很浪費什麼？」

「心跳的次數啦。」

聽說生物的心跳次數都是有上限的，小型犬大約是五億下，貓或馬大約十億下，人類大約二十億下。也就是說，這是心臟使用次數的極限。這個說法只是種類似統計的話題，似乎沒有任何科學和醫學背景。儘管如此，自從聽過這個說法後，我便戒慎恐懼地想珍惜女孩心臟帶來的每一次跳動，避開所有不必要的運動，以免帶給心臟多餘的負擔。

「喔、喔，這樣啊，這樣啊。」

也許是因為知道了我的處境，小河原老實接受了這個謎樣的理由。

「我體育課偷懶的事要跟大家保密喔。」

我跟剛才的小河原一樣探出身體，一隻手肘撐著桌子低聲說：

「身為朋友哪。」

小河原睜大眼睛一臉開心，又像是個共享祕密的小孩子般露出惡作劇的微笑，小聲回答：

「喔，包在我身上。」

宣告休息時間結束的鐘聲響起，教室內瞬間因為回到座位的學生們變得兵荒馬亂。小河原將面對我的身體轉向黑板，朝我豎起右手大拇指。真是感激不盡啊。

一下課，沒有參加任何社團活動的我便和小河原道別，迅速離開學校。我憐愛地看著女孩喜歡的花朵，緩緩走在回家的路上，順道去了趟超市購買食材。回到公寓將食材放進冰箱後，傳送回家簡訊給母親——「我放學回家了。」大概是因為她正在工作，回家的通知總是不會馬上獲得回覆。

為了女孩給我的這顆心臟，我也不想過不健康的生活。雖然體育課偷懶，但為了維持適當的體魄，我每天都會做復健主治醫生教我的輕量運動。飲食上也會避免速食或便利商店的微波便當等食物，總是自己煮飯吃。今天做的是法式煎鮭魚排和菠菜洋蔥沙拉。在浴缸裡溫暖身體，促進血液循環，看了一下書，在不算晚的時間裡進入被窩以獲取充分的睡眠時間。

這樣的日子反覆下來後，「女孩的心臟才是我的本質，我的身體和控制身體的大腦不過是維持本質的容器或附屬品。」這樣的想法逐漸在我腦中生根。雖然覺得這種想法好像會失去自我，很危險，但對我而言也是種救贖。為了這顆心臟而活跟為了女孩而活是很類似的事，這是繼承女孩一部分身體活下來卻沒有個人生存價值的我，唯一的生存理由和喜悅。因此，明天我也必須活著才行。

梨棗纍纍不見君，黍粟結實成相思，蔓草相依偎，待得重逢時，蜀葵花盛開。

女孩名叫「鈴城葵花」，這是我從她在紙上記下的文字與周遭喚她的聲音中得知的，是宛如體現她個性與存在般清涼又美麗的文字和發音。我在她體內的大海裡一邊搖晃一邊微笑地心想，正是因為包含了與自己名字相同的字，她才會對那首《萬葉集》短歌如此著迷吧。

夢中，某個上學路上的早晨，朋友繪里開口問道。

「早安，葵花。妳昨天有看電視嗎？《生命的祕密》。」

五顏六色的繡球花隨著柔和的微風輕輕搖擺，今天是個進入梅雨季前的晴朗早晨。

「早安，我看了！好感動喔。」

在我胸口鼓動的心臟並不會回溯葵花所有的記憶，而是用片段的方式呈現。因此，我沒有她看那個電視節目的記憶。

繪里將隨風飛揚的頭髮塞到耳後繼續說：

「生命的誕生好厲害對不對？我看完有點害怕吔，我們長大成人後也會想生小孩到願意經歷那種痛苦嗎？」

「哈哈哈，我懂。這是女人的宿命吧？」

包圍我的葵花輕輕一笑，溫暖的海洋舒服地擺盪。只有我知道，妳是無法長大成人的。

「雖然那個很好看，但因為器官移植而得救的故事也很令人感動吔。」

她的話令我呼吸一窒。

「感覺就好像一個人將生命交棒給另一個人一樣，獲救的人也是打從心底感謝捐贈者，我還稍微哭了呢。節目播完後，我馬上申請了捐贈登記。」

「咦咦！妳好偉大喔。不過，妳不覺得死了以後身體被用在一個自己不知道的地方很可怕嗎？」

「想到這點是有點可怕啦，但我覺得藉由這樣能幫助到某個人是非常棒的一件事。」

就是妳的這份溫柔，讓我活了下來。

「而且雖然申請了捐贈，但只是有個萬一時的意願表現，我不認為自己會這麼簡單就死掉喔，我還有好多想做的事呢！」

無論是她的身體還是心靈，總是青春洋溢，充滿希望。然而，妳在不久的將來便會死去。

如果活下來的是妳而不是我這種人就好了。明明妳才應該活著。

一陣風拂過她的裙襬，將路旁的落葉高高捲起。和她一起仰望的天空一片澄澈蔚藍，彷彿在歌頌無限的未來。在眩目的陽光中睜開眼，看到的是空氣陰冷沉重、我獨自一人生活的房間。

「啊啊……」

淚水再次奪眶而出，心口作痛，我揪住襯衫胸口，懷疑心臟是不是想衝破我的肋骨回到她身邊。

冷靜下來後，我打開手機的網頁瀏覽器，試著輸入她的名字搜尋。一開始我便不抱任何期待，結果只出現一連串毫不相干的網站。

她為什麼會死呢？繼續這樣做夢的話，有一天我會知道那個原因嗎？

◀◀

不知從何時起，我的體內有一個男孩。

大概是小學高年級左右時，這股感覺開始變得鮮明。我曾經跟媽媽提過這件事，但媽媽當時的表情發出像是立刻就要帶我去醫院的氣氛，我馬上將話題轉往說笑的方向。也因此我才發現，原來這種感覺不是人人都有，並不尋常，也沒有和其他朋友說起。

我既看不到他的臉也聽不見他的聲音。然而，儘管不是隨時隨地，我卻常在心中或是類似胸口內側的地方，真切感受到那個並非我的輕柔存在。雖然這樣從客觀角度思考的話好像很詭異，但我知道他不是可怕的東西，反而覺得他十分溫柔、溫暖，非常珍惜我。

不過，我同時也感受到一股寂寞、畏縮、顫抖——對了，就像飼養小屋角落裡怯生生的兔子一樣。因此，我決定每當在心裡感受到那個男孩的存在時，為了向他傳達「這裡很安全，不但不可怕，還很溫暖、開心喔。」要竭盡所能地享受當下。

我希望做些什麼，幫我心中那個宛如兔子般的神奇男孩打起精神。一回神我才發現，自己腦海裡想的全都是該怎麼做才能溫暖他這件事。

「葵花，妳聽說了嗎？聽說下週要來的數學代課老師是個超級大帥哥！」

所以，午休時間繪里跟我說話時，我也在自己的座位上茫然地思考。

「嗯？啊啊，是喔。」

聽見我心不在焉的回答，繪里黑色的側馬尾在夏季制服的肩上搖晃。

「真是的——葵花好沒反應喔。妳應該收集更多情報，積極努力才行。妳就是這個樣子才一直交不到男朋友。」

「妳自己還不是也沒有。」我笑著回答。

的確，戲劇社的學姊們好像也說過新來的老師很帥什麼的。不過我對這種事不怎麼感興趣，比起這些，我更在意讓兔子先生展露笑容的方法。

「葵花，放學後我們偷偷去看啦。那個老師今天好像去教師辦公室打招呼的樣子，我們到他出來的地方埋伏。他也會當戲劇社顧問對吧？」

「嗯……」

數學老師兼戲劇社顧問的豐橋老師因為要生小孩和育嬰會請假一段時間，其間被找來代課的，似乎就是現在在女孩子間引起話題的帥哥老師。

「好好喔，我要不要也轉去戲劇社好了？這樣老師就會在練習時間從背後牽我的手，或是進行個人演技指導之類的——！」

我斜眼看著連長相都還不知道就開始擅自幻想、尖叫的繪里，真不希望增加這種因為不良動機而入社的女生。

結果那天放學後，繪里強行拉著我躲在距離教師辦公室幾公尺外的轉角，想看看那位傳說中的老師。我們過去時，已經有其他好幾名女孩子在一旁蓄勢待發，女孩間跟風的氣氛令人不禁退避三舍。我心頭也莫名升起一股不安，要是兔子先生現在過來的話，他會不會認為我也是這種女孩的其中之一呢？

一段時間後，教師辦公室的門喀啦喀啦地敞開，學生私下稱作「鬼爺」

的教務主任和一名看起來很年輕的男老師走了出來。瞬間，躲起來偷看的女孩們歡聲雷動。出聲的話不就喪失躲起來的意義了嗎？才這麼心想，果不其然，教務主任注意到了這裡，一臉凶狠地說：

「妳們！沒什麼好看的，快走快走。」

教務主任「去去去」地擺著手，那名年輕老師在他身後爽朗一笑，朝這裡輕輕揮手，女孩們再度發出尖叫。教務主任無奈地垂著肩膀，步下階梯。年輕老師微微露出因為什麼而驚訝的表情，看向這裡幾秒後，在教務主任的呼喚下跟著下樓。

他剛剛在看我……？不，是錯覺吧。

「糟糕，超級無敵帥的對不對！」

繪里一臉興奮地說。身後其他女孩子也激動地妳一言我一語，還有人鬧著說：「他剛剛盯著我看——」剛才果然是我的錯覺。話說回來，新老師的確身材高眺，外型清爽，笑容也很溫柔，跟偶像一樣，但這是需要這麼激動吵鬧的事嗎？

大概是因為不滿意我這麼不配合的樣子，繪里毫不掩飾地皺眉。

「妳又——沒反應了。反正，葵花小朋友一定從來沒有在意過什麼男生吧？」

就算是好朋友，知道自己被小看了還是會火大，所以我馬上開口：

「有，我當然有在意的人！」

「咦？真的嗎？認識這麼久我第一次聽妳說這種感情上的事。誰誰誰？是怎樣的人？」

這句話意外勾起了繪里的好奇心。如果現在轉移話題，感覺會被笑說我在瞎掰。我含糊不清地說：

「是……一直非常珍惜我，雖然不是很清楚，可是，又總感覺很寂寞的一個人，讓人想為他做些什麼……」

我沒說謊。眼看繪里的表情漸漸染上開心和好奇的色彩，或許是因為我臉紅了。

「咦咦——這種『彼此最特別』的感覺是怎麼回事！你們在交往嗎？」

「沒有，我們沒有在交往……」

「這已經在等告白了啦！好好喔，葵花。妳身邊有這種人的話早跟我說啊，我們是朋友吧？所以，那個人是誰？不是我們學校的？」

「那個……」

正當我煩惱答不出來時，心中微微燃起一股小小的溫暖。

「兔子先生來了！」

「咦？什麼？」

不經意脫口而出的呢喃令繪里露出訝異的表情，我急急忙忙結束話題。

「啊，我要去社團了！掰嘍，繪里。妳也不能蹺掉管樂社吧？」

「啊！妳轉移話題！」

我笑著向鼓起臉頰的繪里揮手，跑向走廊。窗外，彷彿宣告夏天來臨的太陽將老舊的校舍、庭院裡的新綠和放學後喧騰的學生照得耀眼奪目。

這裡很開心喔，我很幸福喔。所以沒事的，不知名的兔子先生。

剛才和繪里說的話不是謊言也不是胡扯。一回神便浮現在我心頭，儘管因為寂寞蜷縮著身體，卻把我看得比什麼都重要——不知不覺間，我開始對這樣的他在意得不得了。

我放緩步伐，望著走廊窗戶外面那一片閃閃發光的風景，口中哼著那首喜歡的短歌。

「梨棗纍纍不見君，黍粟結實成相思，蔓草相依偎，待得重逢時，蜀葵花盛開。」

▶▶

既看不到長相也聽不到聲音。

卻與我確實相繫，在胸中有些難為情又憐惜地溫暖我。

你在哪裡？什麼時候能見到你呢？想見你，期盼有一天能夠見到你。

那是我過於透明，又過於純粹的初戀。

午後的數學課，教室裡響起粉筆在硬邦邦黑板上奔馳的聲音。我只用右耳聆聽，恍惚地望著六月多雲、讓人預感梅雨季即將來臨的天空，一邊回想女孩的心臟為我帶來的影像與聲音。

葵花國中時參加美術社，高中則加入戲劇社。她沒有演戲經驗，似乎是因為過去看了電視紀錄片，覺得舞台上神采奕奕揮灑的演員們閃閃發亮，才對演戲產生了憧憬。她還真容易受電視影響呢，我笑著這麼想。

我也曾考慮過高中要不要跟隨她的腳步加入戲劇社，但這個想法瞬間便化為泡影。我透過葵花體驗到的那個社團活動，不同於戲劇二字帶來的文化氣息，反倒充滿了體育風格，每天因為肌肉訓練和跑步為心臟帶來負擔這件事是我想避免的。此外，關於她似乎很樂在其中的讀本等內容，我也完全不認為自己適合。

「那這個問題……」

在黑板上寫完因式分解問題的老師環顧教室。我將視線落在手邊的課本上，以免太過醒目。

「今天是六月三號，六乘三，就請十八號的八月朔日同學回答吧。」

這個老師竟然用了不規則的點名方式。我在心裡嘖了一聲，抬起頭，看見年輕男老師臉上試探般的微笑。他或許是在暗示我上課態度不佳，但我打算讓他跌破眼鏡。我從座位上起身，流暢地在黑板上寫下解答。

「嘿——原來你有好好聽課。還是說，這種問題對你而言太簡單了？」

面對這個難以分辨是不是諷刺的問題，我以牲畜無害的微笑回答：

「沒有，是因為我很認真聽課。」

「這樣啊，謝謝你。」

這個數學老師——星野老師，彎起眼鏡後的眼睛，溫柔笑著。

當我從桌子間的走道走回自己最後一排的座位時，發現教室大部分女生的視線都對著講台上的星野老師。相對的，大部分的男生則一臉忿忿不平，整間教室充滿一種詭譎的氣氛。

下課鐘聲終於響起，星野老師離開教室後，坐在前面的小河原立刻轉過頭來。

「唉，數學課的時間好痛苦喔。」

我撐著下巴，想快點陶醉在心臟記憶裡，所以用敷衍的聲音回他：

「你討厭數學嗎？」

「不是，我其實算是喜歡數學的人。只是那個，該說是教室裡的空氣很悶嗎……」

「是嗎？你都坐在窗邊了，稍微開些窗不就好了？」

「就跟你說了不是這個，就是感覺很不順啦，星野老師的課。」

「是嗎？我覺得他算是很會掌握上課節奏的老師。」

小河原對我的回答露出傻眼的笑容。

「八朔朔，你真的是對周圍的事沒興趣吔。只要星野老師一來，所有女生就把上課這件事丟到一邊，朝他發射閃閃發亮的眼神，所以男生都覺得很煩很沒勁啦……你是真的不知道嗎？」

「啊啊，你說的是這件事喔。」

這麼一說，我剛才也感受到了一種刺人的詭異氣氛。

「開學都兩個月了，大家在班上也會有在意的女生了吧？可是失策啊，想不到這間學校竟然有那種少女殺手老師。現在大概所有男生都很失落吧，我的青春也岌岌可危了。」

的確，附近以高音調說話的女生們，聊天的內容中也頻頻出現「星野老師」這個詞。

「嗯——星野老師真受歡迎。」

「不愧是八朔朔，遊刃有餘，好可靠喔——」

我和唉聲嘆氣的小河原一起望著陷入溫熱與寒冷兩種境地的教室。我是因為有葵花，而她似乎也沒有那方面的特定對象，所以不會被小河原說的那種情緒束縛，真是謝天謝地。不，就算這樣，也不能保證在我還沒看到的記憶中不會出現那樣的對象。如果有的話，我該怎麼辦呢？還能像從前一樣，和她的心臟相依為命嗎？

耳邊傳來輕輕敲打窗戶的聲音，視線望去，玻璃窗因落下的雨滴濕成一片，宛如含淚的眼睛，模糊了窗外的景色。

◀◀

根據晨間新聞，我居住的城市終於也進入了梅雨季的範圍。我不太喜歡下雨。

心情有些憂鬱，剛帶著傘走出家門，一片沉甸甸的鉛色烏雲便馬上布滿天空，嘩啦嘩啦降下雨滴。一宣告進入梅雨季，當天就規規矩矩下起雨來，天空還真是認真工作啊，要是偷懶個一天放晴就好了……我一邊想著這種事一邊撐開傘。左胸深處出現了令人喜愛的溫暖，我忍不住綻放笑容。

「早安，兔子先生。我們一起走吧。」

我以不讓任何行人聽到的音量低語，帶著變得稍微明亮的心情愉悅地踏出步伐。

答答答，雨滴彈著傘面，發出帶著節奏的音律。我小跨步地跳躍，避開地上的水窪。

路旁的繡球花重重盛開，顫抖著淋過雨後通透的琉璃色花瓣，全身上下為終於來訪的雨季喜悅。我在繡球花的葉子上發現一隻小憩中的蝸牛，這麼說來，好久沒看到蝸牛了呢，總覺得心情稍稍變好了。

繼續向前走幾步，我來到開滿蜀葵花海的沿岸河堤。這種筆直朝天空挺立的植物，有的品種比我還高，當聽見大者甚至高達三公尺時，我還嚇了一跳。紅色、白色、粉紅色、紫色，蜀葵花花朵五顏六色，昂然挺立，絲毫不輸給雨水。

聽媽媽說，我的名字「葵花」就是從蜀葵花而來。用自己的力量昂首挺立，從底部陸續開花，當最高處的花朵綻放時，剛好就是梅雨過後放晴的時候。聽到自己的名字是這種花後，內心產生了一股抬頭挺胸的驕傲。

爬上蜀葵花坡道，視野豁然開朗。河堤下，草原沿河川蔓延開來，一棵橡樹聳立在草原中央。流淌在有些距離外的河川在雨水的幫助下，比平常還波濤洶湧。河的對岸隔著幾片樹林，是另一座在煙雨朦朧中延伸的城市。住在那裡的人們也有各自的人生和各種想法，不過，我們現在被一模一樣的雨幕籠罩，一想到這兒，便有種微微神奇的興奮。

答答答，答答答，雨滴敲著傘面。就像和喜歡的人並肩散步一樣，我的胸口也十分舒適雀躍。

身後傳來有人接近的腳步聲，一定是繪里。

「葵花早安——」

「早安。」

有些氣喘吁吁的繪里快步走到我身旁。她撐著一把白底藍花，花樣十分美麗的雨傘。

「討厭，梅雨季來了。一早就下雨，濕答答的最爛了啦。」

「是嗎？雨天意外地不討人厭啊。」

「咦咦，跟妳之前說的不一樣！」

「哈哈哈！」

我把傘轉了一圈，水滴匯聚成圓形，稍微弄濕了繪里的裙子。「妳不要這樣啦！」儘管挨了罵，卻連這樣都覺得有趣，我笑著連聲道歉。

我一邊確認心中仍亮著的溫暖，一邊想著：

你覺得怎麼樣呢？開心嗎？

放學後，戲劇社成員們一起做仲展時，借來練習用的多功能教室傳來了幾聲敲門聲。「請進。」社長田中學姊回應後，大門敞開，顧問豐橋老師走了進來。

「豐橋老師！」

社員們紛紛起身跑到老師身邊。豐橋老師是位渾身散發柔和氣質的溫柔女老師，深受學生歡迎，由於孕期過程似乎不太順利，稍微休息了一陣子，好久沒看到她了。老師的肚子雖然變得渾圓，臉頰卻瘦了，浮現出疲態，似乎可以隱約窺見女性在體內孕育生命的壯烈。

老師和大家聊了一下這陣子的事情後看向門口說：「他差不多快到了吧。」

「你們可能已經聽說了，我暫時要請假一陣子，這段期間請了一位代課老師幫忙帶數學和戲劇社。那位老師大學時好像參加過劇團，你們應該也能從他身上學到很多東西。雖然下週才會開始正式上課，但我今天先把他介紹給大家認識，也算是交接。」

對了，之前和繪里去看的帥哥老師好像要來當顧問吧。這麼說來，我們連他的名字都還不知道呢。

豐橋老師拉開教室門，喀拉喀啦打開的門後，是一雙有型的帆布鞋、版型瘦長的灰色襯衫和爽朗的微笑——

左胸裡從今天早上就一直和我在一起的暖意，怦地彈了一下。

（星野老師？）

腦袋突然響起這道聲音——

「咦？星野老師……？」

我下意識對那道聲音做出反應，所有社員轉過頭來看著我。

▶▶

這或許是我第一次從她的夢裡醒來卻沒有哭。我嚇了一跳。

這個夢真的是葵花的記憶嗎？還是一切都是我的幻想製造出來的幻覺？又或者，只有剛才那個夢境的最後摻雜了我的記憶？

——為什麼星野老師會在葵花的世界裡出現呢？

不，不用想也知道，星野老師曾經在葵花的高中任教吧？這對我而言是道曙光，是我和葵花除了這顆心臟以外，首度出現的連結。

緊張、喜悅、不安，從葵花身上得到的心臟因為不明的情緒而翻湧，我從床上彈起身。

著急之下，我比平常大約早了半小時到學校。屋外和夢中一樣下著雨，儘管褲管和襪子都濕了，我卻一點也不在意。將書包放到空無一人的教室後，我匆忙前往教師辦公室。

一敲門，辦公室內便傳來「請進」的聲音。打開門，裡頭的老師們已經散發出匆促的氣息，各自在桌上進行著作業。座位距門口最近的體育老師若木轉過頭。

「哦，八月朔日啊，怎麼了？這麼早。」

「那個，請問星野老師……」

「啊啊，星野老師的話——」

「八月朔日，我在這裡喔。」

在若木老師轉身的同時，右手邊響起聲音。

我回過頭，看見星野老師露出和在教室裡一樣的微笑，輕輕揮手。我向若木老師鞠躬後走向星野老師。

「沒想到你會來我這裡呢。怎麼了？課堂上有不懂的地方嗎？」

「不是，那個……」

應該想好切入話題的方法再來的，我後悔不已。眼前的星野老師戴著跟剛才夢境中不同的銀框眼鏡，髮型也不太一樣，臉上親切的微笑卻和夢中別無二致。左胸裡葵花的心臟不協調地痛苦跳動著，我焦躁難耐，宛如受到驅使般發出聲音：

「老師認識一個叫鈴城葵花的人嗎？」

星野老師收起微笑，端整的眉毛微微上揚。他瞥了我一眼，抱著手臂閉上眼睛。

「嗯……我好歹是老師，每天接觸很多人，光憑名字搜索記憶資料庫很花時間喔。你還有其他關鍵字嗎？」

關於葵花，我只想將至今為止所了解到的一切珍藏在自己心裡，因此對於要和他人談論這件事感到猶豫。然而，無論如何我都想從眼前這個與她的連結中探取情報，因此，我說出了夢中看見她念的高中校名。

「她在那裡是戲劇社的一員……」

「啊啊……」

星野老師維持抱臂的姿勢，緩緩睜開眼睛。只是，他依舊垂眸，似乎在看某個遙遠的地方。

「老師……知道她嗎？」

他眼瞳一動，轉向我，臉上沒有平時的微笑。

「你認識她嗎？」

我舔了舔因緊張而乾燥的嘴唇，吸進一絲空氣。說謊時，不能迴避對方的視線。

「其實，我和她當過筆友。」

「哈哈，筆友，真復古呢。」

「可是，從某個時間點開始我就完全聯絡不到她了。」

「嗯。」

「然後，我聽到一些謠傳，說她……已經過世了……」

「……嗯。」

「我一直很介意她為什麼會過世……」

「……這樣啊。」

老師嘆息地吐出這句話後再度閉上眼。

「其實，我不應該隨便透露學生的情報，但大概可以跟你說吧。」

回過神才發現，我緊握雙拳，力道大得發痛。我心跳加速，提心吊膽等著老師下一句話。

「她的事真的讓人很驚訝，也很遺憾。」

老師表情沉靜，宛如凝視著遠方的悲哀。

「因為她是個開朗坦率、為周遭帶來笑容，非常好的一個孩子。」

「……是。」

「所以真的讓人很驚訝。」

老師接下來的話抽光了我所有力氣，產生一股錯覺，彷彿周遭的空氣正劈里啪啦一塊塊崩毀。

我沒有大喊「騙人！」因為連出聲的力氣都消失了。

然而，我無法相信。

為什麼？

為什麼看起來那麼幸福的她會……

「她自殺了。」

◀◀

這是怎麼一回事呢？

「唉呀，鈴城，妳認識星野老師嗎？」

「啊，沒有。」

豐橋老師一問，我馬上搖頭。胸口的兔子先生在不知不覺間消失了。

「那個，是聽到傳聞……」

現在就當作是這樣吧。不，我一定真的是無意識從傳聞裡聽到老師名字的吧。

「啊，這樣啊。星野老師似乎成為話題嘍。」

「哈哈，不好意思。」

那位帥哥老師朝我溫柔笑著說：

「妳是之前在教師辦公室前面的學生吧？今後請多多指教嘍。」

「啊，嗯，請、請多多指教。」

雖然想說那天去教師辦公室不是我自己的意思，但也不可能講出來。感覺臉龐正逐漸發燙，好丟臉。

之後，大家自我介紹完一輪，就回到日常的練習裡。星野老師在教室角落一邊看著豐橋老師拿給他的劇本，一邊聽著什麼說明。女社員們竊竊私語，不時以熱情的視線瞥向那裡。相反的，男社員則一臉無趣。

果然變成這樣了，我有些失望。星野老師什麼都沒做，他沒有錯。但有些人就只是待在那裡，便能改變一個地方的氣氛。這下，女社員可能會變得不想演出平常就已經不受歡迎的反派角色，也可能因為在意星野老師而無法發出洪亮的聲音。最糟糕的情況是，或許會有討厭這種變化的男社員退社。

明明不是我這個一年級的人在整合社團，卻感受到了這種危機。社團活動在隱隱約約的尷尬中進行，我也只能隨著這股氣氛行動。

社團活動結束，當我來到玄關準備回家時，發現傘架中的傘竟然不見了。是有人拿錯了還是故意偷的呢？

「咦咦，不會吧……」

那是大概花了兩千圓左右我很喜歡的傘吔，我難過得快哭出來。外頭正下著滂沱大雨，既沒有停歇的跡象，也沒有能跑回家的空檔。正當我思考著是不是等繪里的社團活動結束，請她和我共撐一把傘時，背後傳來了跟我說話的聲音。

「妳是叫鈴城對吧？怎麼在這裡？」

回過頭一看，是手裡拿著包包的星野老師。

「我的傘不見了。」

「咦？雨這麼大真糟糕。我剛好要回去，開車送妳吧。妳等我一下。」

「咦？這樣不好！」

「沒關係沒關係，我也想從學生這裡聽聽學校和戲劇社的事。這是個好機會，拜託妳嘍。」

一旦變成拜託就很難拒絕了。我心不甘情不願地點頭。

老師的車很快就停在了玄關附近，大雨中副駕駛座的門從車內開了個小縫。我撐著老師剛剛拿給我的傘跑向車門，為了不讓座椅濕掉，我一邊收傘，一邊迅速小心地坐進去。

「梅雨季第一天就下這麼大的雨呢。」

老師輕輕一笑，確認我繫好安全帶後平穩地發動車子。他的頭、肩膀和手臂都被雨淋濕了。教職員專用的出口到停車場應該有一段距離。

「對不起，因為把傘借給我，結果讓老師淋濕了。」

「如果能守護可愛的妳，這點程度沒關係的。」

胸口因突如其來的這句話甜甜一縮。還好兔子先生現在不在這裡。

「不要隨便對女學生說這樣的話比較好喔。」

「哈哈，這樣啊，抱歉抱歉。」

回答家裡的位置後，老師說著「了解。」操作方向盤。老師的襯衫袖子捲到了手肘上，修長的手臂從袖口延伸而出，他大概知道自己精實漂亮的手臂和手指能讓女孩子心動吧。如果今天換成繪里，她大概會馬上暈倒吧。總覺得自己下意識加速的心跳很丟臉，我漫無目的地望向窗外。

星野老師一邊平穩地開車一邊向我問起學校、社團生活和其他老師的事。他會在適當的時間點應和或是轉換話題，避免談話中斷，時而還會搭配玩笑，是個很擅長展開愉悅對話的人。實際上，我也笑了好幾次。光是這樣，心中的警戒線似乎就漸漸鬆脫滑落了，真是不可思議。他磁性的聲音暢行無阻地侵入戒備的縫隙。

「鈴城有兄弟姊妹嗎？」

「沒有，我是獨生女。」

「這樣啊，那父母一定非常疼妳吧？」

「怎麼說呢？因為我爸爸不怎麼愛說話，所以不太知道他在想什麼，媽媽也都在忙工作和家事。老師有兄弟姊妹嗎？」

「有一個妹妹。」

「嘿——真好。妹妹一定很可愛吧？」

「只有囂張而已喔。不過長大分開後才發現，她果然是很重要的家人。」

「都是這樣的吧。」

說著說著，車子開過了家門前。我趕忙提醒老師，他笑著道歉，並用嫻熟的手勢打出倒車檔。車內響起警示蜂鳴聲，老師將身體轉向我的位子，左手伸向副駕駛座。怦怦，心臟猛力跳了一下，我渾身僵硬。

老師抓住我座位的頭枕，旋轉身體，從座位間隙看向後方，右手一邊操作方向盤一邊倒車。我瞄了一眼他的側臉和脖頸後迅速撇開視線。我悄悄吐出憋住的呼吸，不讓身旁的人發現，難為情到了極點。這樣一來，我不就跟聚在教師辦公室前吵吵鬧鬧的繪里和其他女生一樣了嗎？

車子終於停到家門前，雨勢依然沒有減弱的跡象。我說到玄關只有一點距離沒關係，老師卻對我的婉拒表示：「就算只有一點點也不能讓女孩子淋雨。」讓我繼續拿他的傘。我向老師道謝，撐著傘下車，在家門前轉向駕駛座，再度鞠躬行禮。星野老師打開車窗探出頭。

「謝謝妳今天跟我說了這麼多，讓我知道了各種事情，很有幫助喔。什麼時候能再這樣和妳一起回家就好了。那麼，明天見。」

不等我的回應，老師輕輕揮了揮手，安靜地開走了車子。胸口四周籠罩在一股模糊的熱意中，我緩緩深呼吸，想將那種感覺吐出來。

兔子先生，你不來嗎？

▶▶

那天，我蹺課了。

向星野老師鞠躬後，我直接移動到班導的辦公桌前，告訴他我雖然來了學校，但身體不舒服要請假。導師大驚小怪擔心了一番，核准了我的請求。我拖著步伐走在走廊上，從已經有幾個學生在裡面的教室拿出書包，走向玄關。沿途我看見鏡中的自己，如幽靈般蒼白。這麼一來，突然身體不舒服的說詞也很有說服力了吧？我一邊想著這種事，一邊與上學學生手中的傘流逆向而行。

回到公寓，我在拉起窗簾的陰暗房間裡茫然自失了一陣子，腦海突然閃過一個念頭，換上便服，前往圖書館。我查詢書籍和網路，發現自殺者的器官只要不是提供給親人就不會有法律問題。不過，醫學上為了確保器官能夠移植，捐贈者必須是腦死狀態，這在自殺案例中似乎非常少見。葵花是用什麼方法斷送自己生命的呢？我沒能問到這點，即便星野老師知情，應該也不會跟我說這麼深入的事吧？而且，我現在並不想思考葵花死時的情況。

我望著電腦螢幕，翻著書頁，呼吸，聆聽心臟的跳動。感覺內心浸染成一片冰冷的灰色。

她，葵花，我喜歡的人，在好幾年前就死了，我從一開始就知道這件事。然而，生活在燦爛世界裡的她，竟然是自己尋死的這個事實，殘忍地把我的眼前變得一片漆黑。

我搖搖晃晃離開圖書館，沒有撐傘，任由梅雨打在身上。圖書館後的公園空無一人，我在長椅上坐了下來。雨水如柔和的瀑布擊打我全身，不讓我的眼淚被看見。

「明明是你自己想知道跑去問的……」

呢喃瞬間消失在雨聲中。

她，是我生存的理由。我曾想過，如果能將這具身體讓給她那充滿生命喜悅的心臟和記憶該有多好。然而，她卻渴望死亡。某件事把她逼到了那個地步。到底，是什麼事——

雨勢和緩下來。我微微抬起頭，公園一隅的花壇裡有幾枝蜀葵花迎風搖曳。我從長椅上起身，靠近花壇。儘管這些花朵的高度還只到腳邊，面臨雨水的打擊也不低頭，姿態凜然地朝著天空，抬頭挺胸，努力綻放。

她是如同這種花朵的人。又或許，是她期許自己能夠那樣。這樣的她，有可能自己折斷自己嗎?

我緩緩吸了一大口氣，感受胸中燃起決心的火苗。直到現在才撐開傘，邁出步伐。

哪怕那是個悲劇——

我也想知道真相。

回家後，我沖澡換上乾淨的衣服。在手機裡輸入了她曾居住的縣市和念過的校名搜尋，查詢最近的車站和抵達那裡的轉乘路線。從這裡過去，似乎兩個半小時就可以到的樣子。現在出發，中午後便能抵達。我只帶了簡單的行李，彷彿有人追趕般地離開了公寓。

平日白天的電車冷冷清清的，經過幾次轉乘，望著打在車窗上的雨滴，沒多久便抵達目的地車站了。至少在我的夢裡，葵花不是搭電車的人，因此我對這個車站沒有印象。我打開手機地圖，先前往她的高中。

撐傘走了約二十分鐘後，眼前出現熟悉的校舍，裡頭現在應該正在上課吧。站在關閉的校門前望著學校，心中湧現一股感慨，那個夢果然不是我的幻想，而是體驗了現實中曾經發生的事。

我轉身回望，看到了葵花平常上學的路。我追溯夢裡的記憶，踏上那條路。穿過住宅區，有條登上河堤的坡道，爬上兩旁蜀葵花叢生的坡道後，視野豁然開朗。

現在，我正站在葵花生活過、走過的地方。關著葵花心臟的胸口，因這份感動而震盪。

我走在河堤上，將視野內的風景調整成與夢裡所見相同的樣子，再度走下蜀葵花坡道。穿越繡球花盛開的公園，走過一小段住宅區——

「到了……」

停下腳步的屋子前，掛著「鈴城」的門牌。大概是她的心臟感到懷念吧，又或者只是我在緊張，胸口傳來熱切的悸動。

屋裡似乎有人，聲音和光線透出了生活的氣息。我深呼吸，平復顫抖的手指，按下門鈴。

「來了。」

一道溫和的聲音回應，玄關大門沒多久後便敞開，出現一名身穿圍裙，年約五十歲上下，看起來很溫柔的女性。我個人雖然不認識對方，但是——

「媽……媽……」

一回神，淚水已奪眶而出。

◀◀

今天也是一早就開始下雨，然後兔子先生也不在。

我站在玄關前嘆了一口氣，把昨天向星野老師借的傘掛在左手上，打開擺在家裡的塑膠傘。撐開的半透明塑膠傘發出啪啪啪的聲音，微微發黃，令人感到有些丟臉。雨珠滴滴答答落在傘上。

我的傘會回來嗎？真是的，就帶便宜的塑膠傘去學校吧。走在河堤上想著這些事時，身後傳來繪里的腳步聲。

「早安，葵花。」

繪里的聲音聽起來無精打采的。轉過頭便看見她一頭亂髮，我忍不住笑出聲。

「啊，妳笑我！」

「抱歉抱歉。早安，繪里。」

繪里以沒撐傘的手順著頭髮，站到我身旁。

「好煩喔，因為濕氣頭髮完全不聽話，討厭死了。葵花真好，頭髮超柔順的。咦？」

繪里抬頭看著我撐的傘，又低頭看向我掛在左手的另一把傘。

「那把傘是怎麼回事？男生的傘？」

「啊，這個啊……」

我跟繪里說了昨天的事。當我因為傘不見而傷腦筋時，來戲劇社露臉的星野老師出現，開車送我回家，以及當時借我傘的事。

「咦咦咦，妳怎麼那麼奸詐！偷跑——！」

「咦咦？我沒那個意思！」

「妳不是說妳有在意的人了嗎？」

「呃，話是這麼說沒錯，所以我和星野老師完全不是那回事啊。」

「我連老師的名字都還不知道……妳就喊他的名字喊得這麼自然，這點也讓人覺得很火。」

「咦咦……對不起。」

之後，繪里就變得悶悶不樂，沉默不語。雖然她從以前就是個容易情緒化的人，但早知道會這樣就不說了，我的心沉了下來。我們維持尷尬無言的狀態穿過校門，在鞋櫃前換鞋，來到教室。那天，繪里一直就那樣完全沒有和我說話。

今天星野老師也出現在戲劇社。他來的瞬間，可以發現教室裡的空氣或是社員們的表情、動作所散發出的氣氛都變了。星野老師與在做伸展的我四目相交，微微一笑。我下意識撇開視線……等一下得還他傘才行。

感覺大家總有些拘謹的社團時間一結束，女社員們就像約好似的聚到了星野老師身邊，問他住在哪裡、有沒有女朋友等等的問題，歡鬧不已。星野老師笑容可掬，一一應對，豐橋老師邊笑著「唉呀呀」了幾聲邊看著這一切。我側眼看著那個景象整理自己的東西，匆匆忙忙離開了多功能教室。

換回制服後，我拿著自己的塑膠傘和老師的傘，在靠近教職員專用玄關的昏暗走廊上，倚牆而立。雖然也想過是不是寫張道謝的便條附在雨傘旁，放到星野老師教師辦公室的桌上，但又覺得那樣太不禮貌，所以就像現在這樣等著星野老師。不過，考慮到今天早上繪里的事，我也覺得盡量不要和那個人有所牽扯比較好。一還完傘就趕快回家吧。

走廊上傳來叩、叩、叩的皮鞋聲，提著包包的星野老師終於出現了。星野老師還不是這裡的正式老師，所以似乎比其他老師早下班的樣子。

「咦？這不是鈴城嗎？難道妳在等我？」

「是的，我想把這個還給老師。」

我遞出昨天借的傘，老師收了下來。

「哈哈，這個剛才社團時間給我就好了呀。還是，妳想和我兩個人獨處呢？」

星野老師的臉突然貼近。我慌忙拉開距離，向他鞠躬。無視我的意志開始狂跳的胸口令人有些厭惡。

「不是的，就這樣，我先走了。」

「妳好冷淡喔，發生什麼事了嗎？我們不是昨天一起開開心心回家的關係嗎？」

「不，真的沒有什麼事。再見。」

當我準備穿過老師身邊走向學生專用的玄關時，他的語氣變了。

「抱歉，是不是我沒注意到，讓妳哪裡感覺不舒服呢……我原本想努力和學生培養感情的……我不行啊。」

沮喪的聲音讓我停下了腳步。

「……不是，老師沒有哪裡不好。只是跟你在一起的話，我會被朋友討厭。」

「為什麼？」

視線一隅看到老師的身體轉向我。就算問我為什麼，我也不知道該怎麼回答。

「我……」

老師舉起手臂。不行。

他觸碰我的頭髮。不行。

「我想和妳……培養感情。」

老師觸碰的地方彷彿在發燙，我不能心動。

兔子先生，你為什麼不來呢？

▶▶

面對一個陌生的高中男生突然哭著喊自己「媽媽」，葵花的母親很認真地回應：

「……不好意思，請問你是哪位？」

「那個！」

沒握傘的右手解開了襯衫領口的一顆釦子，露出了從喉嚨延伸到胸口的手術傷疤。

「我是接受葵花小姐心臟移植的受贈者。」

聽到我的話，葵花的母親慢慢睜大了眼睛和嘴巴，雙手摀著嘴角，眼眶落下一串淚珠。

「啊啊……你是……這樣啊。我猶豫了好多次，一直在想要不要透過移植協調員寫信給你。」

葵花的母親緩緩走近我，雙手輕輕握住我的肩膀。安靜的雨水淋濕了她的頭髮、肩膀和手臂。

「葵花媽媽，雨……」

「今天怎麼了？你是從哪裡來的？啊啊，對了，比起這些事，請你先進來吧。」

我在她溫柔的牽引下走進了那個家。無論是昏暗的玄關、老舊發黑的木地板和牆壁，還是虛弱照明落下影子的每一處角落，這雙眼應該從未看過的一切風景，都勾起了苦澀的鄉愁，令胸口為之糾結。

葵花母親引著我走進一間安靜的和室，室內散發淡淡的線香氣息，裡頭有座關著門的佛龕。看見那座佛龕，脊背竄起一股冷意。因為，我在夢裡看過的那個地方沒有那種東西。

「請問……這是……」

「嗯。方便的話，可以請你跟她打個招呼嗎？」

我靜靜點頭。葵花母親在佛龕前擺上坐墊，端正跪坐。她伸手撫上佛龕門，徐徐推移。木製小門無聲敞開，裡頭是葵花微笑的照片。

我緩緩深呼吸，平復心情。沒事的，我知道她已經死了。早在我認識葵花前，她就已經死了，所以我現在才會在這裡。

「葵花，繼承妳生命的人來我們家玩了喔。」

在葵花母親的示意下，這次換我坐在墊子上。「你不用在意那些上香規定。」她的這句話實在令人感謝。

我在不是很了解祭拜規定的情形下，奉上點燃的香火，敲響碗型鐘，清涼的聲音彷彿將房間包圍般擴散開來。在這道舒服的聲音裡，我靜靜閉上眼睛，雙手合十，感覺這就像是一種我內心承認葵花死亡的儀式。儘管咬緊牙根，丟臉的嗚咽聲還是從喉嚨深處洩了出來。為什麼，為什麼，葵花會……

「謝謝你為葵花哭。」

一回頭，看起來比夢裡蒼老許多的葵花母親，輕輕撫著我的頭。因為這句話，我才發現自己哭了。

「媽媽……我為什麼……」

聲音在顫抖，心臟強烈跳動到令人發痛的地步，我伸出手臂抱住媽媽的身體。

「我為什麼……死了……」

媽媽雖然驚訝地睜大眼睛，卻馬上溫柔抱著我的頭。我將臉埋在她懷裡放聲大哭，彷彿一直積累的東西崩壞般不斷哭泣，連她柔軟的針織衫被我的淚水浸濕了也停不下來。

回過神，我發現自己躺在榻榻米上，不知道什麼時候睡著了。對摺的坐墊代替枕頭鋪在我的腦袋下，身上蓋著毯子。感覺我好像做了個夢，內容卻記不得了。連那是葵花心臟的記憶，還是只是我單純的夢也分不清。

我一起身，原本在廚房的葵花母親便擦著手朝我走來。

「唉呀，你醒啦？是不是太累了？可以再休息一下喔。」

「對不起，在初次去拜訪的人家裡突然睡著，真的很沒禮貌。」

「沒關係，請把這裡當自己家一樣放鬆吧。」

葵花母親溫柔地呵呵笑著。

「謝謝您。那麼，請問……」

我端正姿勢，葵花母親也面向我正座。

「我聽說，葵花她……是自己結束生命的。」

葵花母親苦澀地皺起臉龐，我的胸口一陣刺痛。

「我今天來是想知道，她發生了什麼事。」

「這樣啊……這樣……啊……」

看著她表情沉鬱，駝起身軀的樣子，我急忙搖頭。

「那個，如果說出來很難受的話，當然不勉強。」

葵花母親虛弱一笑，挺直脊背。

「你和那孩子一樣溫柔呢。沒事，我一直想和別人談談她的事。」

語畢，葵花母親直直看著我的眼睛。

傍晚的雨落在葵花出生的家門外，以溫柔的聲音包覆我們。

無力的燈光點起，昏暗的走廊上，星野老師撫摸著我的頭髮，我瞬間渾身僵硬。

「我好寂寞。即使被人群包圍，內心卻總是無可奈何地孤獨。可是，和妳在一起……」

明明想快步掙脫離開，老師震盪鼓膜的低語、手指撫摸的觸感卻像荊棘纏繞我的手腳，束縛著我，甜美而疼痛。身體發熱，心臟痛苦地跳動。

老師也很寂寞嗎？我能緩解他的寂寞嗎？

那會比無法觸碰到的初戀還要——

當我的手指就快碰到星野老師的胸口時，左胸浮現一團暖意。我驚訝地屏住呼吸。揮開老師的手，我跑開幾步回頭鞠躬後，再次奔離走廊。老師一句話也沒說。

胸口激烈跳動，臉頰如火燒般地燙。

「兔子先生！不是的，不是這樣的。」

我來到學生專用的玄關，靠著走廊坐下，調整紊亂的呼吸和心跳。

回過神，才發現胸口的暖意已經消失得無影無蹤了。

「真是的，你到底是誰……到底要我怎麼辦？我該怎麼做……才對？」

我雙手摀著臉哭了一會兒，一個人撐著塑膠傘走在無人的回家路上。

在家人面前表現得一如往常是件有點痛苦的事。

隔天，我撐著傘走在平常上學的路上。

星野老師今天也會來社團嗎？看到他時，我該擺出什麼表情呢？今天是星期五，過了這個週末，下週起，星野老師就會正式以代課老師的身分開始教數學了。我該怎麼面對他呢？即便今天是平常因為快放假會滿心雀躍的星期五，昨天繪里和星野老師的事，還是讓心情沉重得不得了。

身後傳來平常那道接近的腳步聲，是繪里。心臟好像縮了起來。

「葵花！」

聽見自己的名字回過頭，只見繪里一副泫然欲泣的表情。

「昨天對不起，我好像不小心太情緒化了。冷靜後才發現自己差點因為非常無聊的小事失去朋友。」

「哈哈哈，沒關係，妳從以前就很情緒化。」

我笑著說，心底發出安心的嘆息。因為我也覺得失去這個從小學就認識的朋友是件很痛苦的事。

我們兩個像平常一樣邊撐傘邊聊著沒內容的話題——但是這麼做非常開心——走向學校。直到剛才為止還感受得到的憂鬱已經煙消雲散了，我深刻體會到朋友的存在，為人生帶來的影響有多大。望著在風雨飄搖中挺立的蜀葵花，我再次下定決心，要永遠珍惜和眼前這個人之間的關係。

「說到這個，聽說亞子她們學校的室內鞋竟然是拖鞋不是布鞋吔！很不可思議吧？」

「啊，是喔。穿制服不是配布鞋的話，感覺好像有點隨便？不過，我看電視上說最近很多學校這樣喔。」

「咦咦——大人為什麼要把規定改得那麼莫名其妙啊？」

「哈哈哈，對啊。還好我們學校不是拖鞋。」

我邊說邊脫下鞋子，當我伸手去拿鞋櫃裡的室內鞋時——

「好痛！」

中指指腹傳來被什麼刺到的痛感，我急忙收回手指。恐懼和不舒服的感覺如冷水在心底蔓延開來。

我朝繪里的方向瞄了一眼，她似乎沒注意到這邊的情況，正和同學打招呼。還好她沒有發現，再加上兔子先生現在不在，這種情況讓我心裡稍微鬆了一口氣，再一次悄悄看向室內鞋。兩隻鞋貼近腳踝的內側各被人用膠帶黏了一個金色圖釘。我迅速撕下圖釘，以不刺到自己的方式將圖釘藏在左手裡。確認腳尖處沒有其他東西後，將鞋子放下穿好。

我深吸一口氣，緩緩吐息。這算什麼？是故意找我麻煩嗎？

這股明確針對自己的惡意令我感受到一種心臟收縮的恐懼，同時，也讓人怒火中燒。我做了什麼？做這種事的人應該是有什麼看不慣我的地方吧？既然如此，直接跟我抱怨不就好了嗎？用這種間接的傳達方式，我既不知道自己錯在哪裡也無法改進，只是傷害我而已，情況不會有任何改變。

「葵花，妳臉色好難看，怎麼了？」

聽見繪里的聲音，我才驚覺自己雙眉緊皺，連忙搖頭。

「啊，沒什麼。」

我馬上含糊帶過。感覺要是讓這個感情豐富的朋友知道的話，事情會鬧得天翻地覆，一發不可收拾，總覺得這點才可怕。

左手握著圖釘和膠帶，感受那粗糙舔舐內心的冰冷觸感，我再次深呼吸一口氣。

▸▸

「正確來說，葵花不是自殺，是自殺未遂。」

「咦……」

雨聲似乎從耳裡消失了。我知道自己的耳朵、心臟、全身都集中在葵花母親說的內容上。

「三年前，就像今天一樣的雨天。她好像是趁家裡沒人的時候，在自己房裡用延長線上吊的……不過，掛延長線的天花板維修孔壞了，葵花在斷氣前跌落在地上。我下班回來看見這個狀況，馬上叫救護車送她去醫院。可是，她一直沒有恢復意識，最後由醫生判定為腦死。」

葵花母親的眼神彷彿正看著某個遙遠的地方。她的眼裡，大概映著女兒昔日的笑容與回憶吧。

「我之前就聽過那孩子有器官捐贈卡，雖然知道，但看著裝著人工呼吸器一直沉睡的她，我煩惱了好幾天，煩惱了無數次。我想尊重她想拯救某個人的意志，這是件很了不起的事。但那孩子是我最寶貝的女兒，我不想放手。不過，我也想讓接了許多管子和機械，只有身體活著的她得到解脫。」

葵花母親右手摀住嘴角，話音摻雜顫抖。

「我想叫她不要一個人離開，把事情說出來。難過的話，不用去學校也沒關係，媽媽什麼都願意為她做。只要活著，解決方法要多少有多少，為什麼……」

看著面前淚流不止的人，我為不知該說什麼才好的自己感到丟臉。猶豫了一陣子後，我問了一件一直很在意的事。

「請問……葵花有留下遺書之類的東西嗎？」

葵花母親靜靜搖頭。

「事情告一段落後，我整理了那孩子的房間，並沒有找到那樣的東西。當時，我雖然覺得她有些沒精神，但沒想到她把自己逼到那個地步……我要是有注意到就好了……」

葵花母親吐出一口深遠細長的嘆息，緩緩睜開低垂的眼眸。

「不過，從那之後也過了好幾年，現在，我為那孩子即使生命結束也想幫助某個人的意志感到驕傲。因為這樣你才能獲救，像這樣來我們家玩啊。」

葵花母親的眼角皺起溫柔的紋路微笑道。我不由得感到抱歉，懷疑自己身上的價值是否真的配得上，這個人失去所愛之人的深沉悲哀以及葵花燦爛的生命。

「……說了這麼多，但希望你別在意捐贈的事，走出自己的人生。我很高興你心裡想著葵花，但我認為她不會希望你被她留下來的東西所束縛。」

雖然這番為我著想的話令人感激，但我似乎辦不到。因為，不論是我藉由她的心臟而活的這個事實，還是那顆心臟不由分說讓我看到的記憶，以及記憶裡她所見到的景色和她自身的美好，都已成為我無可替代的寶物。或許她不希望，但被她的存在束縛卻是我的願望。

葵花母親說路途遙遠，還說晚餐也做好了，勸我住一夜再走。雖然覺得這樣實在太不好意思而婉拒了好幾次，但我最後還是輸給明天是星期六學校放假，以及還想再多知道些葵花的事的心情，就恭敬不如從命了。不，不只是這樣，或許，是我很渴望母親這樣的存在和家庭的溫暖吧。在對葵花母親表達感謝後，我向自己的母親傳了假的回家訊息。

身為一個對葵花有感情的男人，面對她父親這件事雖然令人有不少遲疑和緊張，但大概是葵花母親事先聯絡過的關係吧，葵花父親一到家，便以厚實的臂膀抱緊我。從那雙手臂帶來的疼痛可以感受到，他就如我在夢中所見，是名安靜卻溫柔、深深愛著女兒的父親，我的淚水微微沾濕了他的西裝外套。

我一邊聽他們聊著葵花的回憶，不時因她的糗事或小故事發笑，一邊享用著溫暖的晚餐。葵花，這裡很溫馨和諧，溫柔並充滿著愛，然而，為什麼妳會選擇那樣的結局呢？如果我在那裡的話，一定不會讓妳孤單一個人。

葵花母親再三強調「都是沒用過的，沒關係。」並借給我應該是買給葵花父親用的男性內褲和睡衣，還讓我泡了澡。我將身體浸在浴缸中抱著膝蓋，拚命揮掉腦海中「葵花也曾經在這裡……」的邪念。或許，從來沒有夢過那種情景是種幸運。

放置佛龕的和室鋪了客用棉被，我就睡在那裡。家裡的空房似乎只有這裡和葵花的房間，葵花母親頻頻為了讓客人睡在佛堂這件事道歉。我自己卻完全不介意，也更不可能讓他們將應該充滿女兒珍貴回憶的葵花房間給我使用。而且，這裡現在一定是能感覺最靠近她的地方。

或許是緊張和舟車勞頓的關係，我一鑽進被窩便感受到身體的疲憊，睡意馬上將我沉入深層的意識中。

然後，我又做夢了。

第二章

改變的未來

◀◀

放學後的戲劇社活動在與前一天幾乎沒什麼不同的氣氛下進行。

不，這也是當然的。昨天那個讓我對踏進這間空教室感到遲疑的問題，是只屬於我和星野老師之間的事，當事人星野老師今天也一副什麼事都沒發生過的樣子出席社團，接受女孩們興奮的議論。老師的態度普通到令我不禁懷疑，昨天的事是不是我在做白日夢。

然而，即使過了一個晚上，頭髮被他撫摸的觸感、他在耳畔呢喃的孤獨依舊鮮明留在體內。正因為這樣，面對彷彿不知道我的鬱悶、一臉若無其事現身的星野老師，我同時也懷抱著小小的不滿。

不過，如果一切能順利過去，回到平凡日常的話，就是最好的結果。我雖這麼想，事情卻並非如此。

社團活動結束，我走向學生專用玄關準備回家。玻璃窗外看到的景色依然下著雨，鞋子和襪子今天又要濕答答了。我在嘆息中做好覺悟，看向鞋櫃，本來應該在那裡的鞋子不見了。

一股寒意竄上，心臟像被一隻冷冰冰的手揪住一樣。

我想起今早那在室內鞋裡發現後馬上藏進左手心的存在，後來因為不知道要將貼著膠帶的圖釘丟到哪兒，便收進包包裡了。某人明確的惡意正企圖傷害我。

原本放在鞋櫃裡的樂福鞋是上高中時媽媽買給我的。我對不起媽媽，也對不起爸爸，眼眶因這份心情滲出淚水。

呼吸紊亂，雙手顫抖。在體溫彷彿由外而內開始驟降的恐懼和悲傷中，心頭亮起一股暖意。他怎麼會在這個時候來！

「啊！那個，不是這樣的。」

嘴唇顫抖，發出也不知道是在向誰解釋的自言自語，緊接著馬上無視我的意志，宛如受心中熱意驅動般說出下一句——

「我不會讓妳一個人！」

強而有力的聲音和話語，瞬間消除了其他進入我耳內的雜音。

「咦……」

這大概是有生以來第一次，我被自己口中發出的聲音嚇到。胸口的熱意如火焰般沸騰，熾烈地跳動。

「咦……？」

幾秒後，我的嘴巴再次發出驚訝的聲音。不過，那不是我的意思。

這次，我準備好自己的話，根據我的意志發出聲音。

「你該不會是，兔子先生吧？」

（……這麼說來，妳偶爾會提到這個詞，但那是什麼？至少，我不是毛茸茸的長耳生物，是人類喔。）

聲音這次在腦海裡響起，是之前喊出我理應不知道的星野老師名字時一樣的聲音。用我的嘴巴說話和在我腦海裡說話有什麼不一樣呢？我的內心充滿興奮，這種問題馬上被拋到了九霄雲外。

「好厲害，我現在正在和兔子先生說話！啊，兔子先生只是我對偶爾會在心裡感受到的你，擅自取的稱呼。」

（咦……妳以前就感覺到我了嗎？）

彷彿撼動頭骨內側的溫柔聲音，令胸口不由得有些搔癢。

「對啊，我從很早以前就——」

說到一半，察覺到有說話聲從連通玄關的走廊靠近，我趕緊閉上嘴巴。要是被人發現自己一個人來回對話就糟了——雖然興奮，但這點冷靜我還是有的。

儘管有些猶豫，我還是直接穿著室內鞋，撐傘奔出玄關。雨水立刻滲透沒有半點防水性的學校指定量產鞋裡，連襪子都濕成一片。

（哇！妳沒事吧？）

腦海中的聲音替我擔心。

「沒事，反正明天放假！」

（重點不是這個吧……）

其實，不管是雙腳變得濕答答還是鞋子不見的事，現在都無所謂了，能和兔子先生對話就是這麼開心，我竊笑著。想想這份單純和動搖的情感，我真沒資格說繪里。雨天的回家路上，我邊走邊和兔子先生繼續對話。

「那，兔子先生，你是誰？叫什麼名字？」

腦海裡的聲音隔了一段稍微猶豫的空白後說出了他的名字。

（……八月朔日行兔。）

「八月朔日？好少見喔。怎麼寫啊？」

（八月是月分的八月，朔日是農曆朔日的那個朔日。）

「咦咦，好特別的姓喔。那名字呢？」

又是一段猶豫的間隔。

（……行走的行，兔子的兔。）

「咦！原來你真的是兔子先生！哈哈哈！」

我一笑，他馬上發出不滿的聲音。

（不要笑啦，我不喜歡這個名字。）

「咦咦，為什麼？」

（在男生的名字裡取一個兔字，根本是故意找麻煩。我小時候不知道被鬧過多少次……而且，把全名「八月朔日行兔」寫出來的話，看起來很不吉利，像百鬼夜行一樣……）

「哈哈哈哈！」

一名走在前方上班族打扮的男子回過頭看我，我急忙用傘遮住臉。

「不，我覺得這是個好名字喔，兔子也是很吉祥的象徵。這個名字一定蘊含了，希望你能像兔子一樣輕盈前進之類的願望吧。」

（是嗎……？）

雖然他似乎不太接受的樣子，我卻很開心，反覆在心中吟唱他的名字——

八月朔日行兔、八月朔日行兔。

▶▶

「所以，八月朔日你到底是誰呢？結果該不會是我自己在心中創造出來的另一個人格這麼悲慘吧？」

葵花的問題讓我猶豫著答案。「我是妳死後繼承妳心臟的受贈者喔。」這種回答簡直就像在宣判死刑。

（這個……因為某些原因我不能說。不過，我絕不是可疑分子。）

「哈哈哈！可疑分子都這樣說喔！」

（不，我真的——）

「嗯，我知道。你一直在我心裡，很珍惜我，我知道。」

她的心臟以一種舒服的方式加速跳動。

「所以，我想了解你的事。你剛剛說你是人，那身體是在別的地方嗎？為什麼偶爾會出現在我身體裡呢？」

她在等待我的答案。我該怎麼回答呢？我謹慎地斟酌用字，從她體內發出聲音。

（我的身體在別的地方，以一個人類的身分正常地生活。詳細的理由我也不是很清楚，不過似乎是只要我一睡著等等的失去了意識，偶爾就會進到妳的身體裡。）

（嘿──好神奇喔。為什麼是我呢？）

葵花有些戲弄地加了句：「有點像命中注定的感覺呢。」

「啊！該不會連我在想什麼都會傳過去吧？」

（不，不會。我們共享的好像只有妳看到、聞到和摸到的這些體感。）

「這樣啊，太好了。」

葵花鬆了一口氣。她是不是在想些什麼不好讓我聽到的事呢？不過，內心被窺視這種事，任誰都會感到不舒服吧？

「嗯──那，你幾歲了呢？」

（我今年十六歲。）

「哇！那跟我同年！」

毫不猶豫脫口後我才想到不妙。在她活著的這段時間裡，本來的我現在是幾歲呢？

「太好了，我自然而然就用平輩的口氣跟你說話了，還想如果你年紀比我大的話怎麼辦。那，那，你住在哪裡？我可以去見你嗎？」

——梨棗纍纍不見君，黍粟結實成相思——

腦海裡浮現那首短歌，胸口難過地跳動。那是，妳的心跳嗎？

想見妳，期盼有一天能夠見到妳。但是——

（不……我住在很遠的地方，所以可能有困難。）

「這樣啊，好可惜……那，那……」

葵花的心跳快到有些不舒服，感覺她的臉頰漸漸發燙。

「在我心裡，一直覺得你很溫暖，你為什麼會這麼……珍惜我呢？」

胸口塞得滿滿的。我的心跳與妳的心臟相通，妳應該也能聽見吧？對我而言，妳之所以重要到不能再重要，是因為——

（是因為我——）

彷彿連結中斷般，視野一黑。我驚訝地睜開眼，依然微弱的晨光灑入，眼前是和室的天花板。耳邊傳來細雨敲打這個家的聲音，這個已經沒有葵花的家。

「啊，啊啊……」

我閉上眼，一行淚滑下，沾濕了耳朵。左胸口的心臟還在怦怦、怦怦地快速敲打著。

我從被窩裡撐起上半身，四肢伏地，伸出右手輕輕打開頭上佛龕的門。就像要證明她已經不在這裡一樣，門裡是她掛著笑容的照片，跟昨天所見沒有不同。

「葵花……」

那個夢真的是在體驗她過去的記憶嗎？為什麼我能干預呢？夢裡的時間跟過去是相連的嗎？不，那只是夢，不可能會有那種事。

但是，如果……

如果，可以在那個夢裡防止葵花做出悲哀的選擇的話……

如果能改變她的未來的話——

就在我這麼想時，左胸周圍像被人用力扭斷一樣發出劇烈的疼痛。

「唔！啊啊！」

心臟發痛，我把額頭貼在榻榻米上，緊抓胸口的襯衫。全身爆出汗水，喉嚨彷彿被搗毀般漸漸不能呼吸。幸好，這股疼痛很快就消失了，我暫時維持同一個姿勢，調整呼吸。

我是憑藉她的心臟而生的。如果過去改變，葵花獲救的話，在她活著的世界裡，我就……

「梨棗纍纍不見君，黍粟結實成相思，蔓草相依偎，待得、重逢時……」

我低吟著她喜歡的短歌，聲音細碎顫抖。

想見妳，期盼有一天能夠見到妳。但是，我和妳的道路無論如何都不會有交集。

即使如此，我也……

◀◀

「啊……」

回家路上，當濕淋淋的室內鞋抵達平常的那座河堤時，胸口的那股暖意突然消失了。兔子先生——不，是八月朔日回去了。我本來還想再跟他多聊一些的。

「是因為我……」

我試著重複他最後說到一半的話。他想說什麼呢？

我停下腳步，將一口潮濕的空氣大力地吸入肺裡。當我緩緩吐氣，彷彿將殘留在胸口的悸動趕出來後，心頭流露的情感似乎全都消散在傍晚的雨幕裡了。

「剛剛好緊張啊。」

體內還殘留著前一刻神奇體驗的餘韻。和喜歡的人說話後，胸口、眼睛和臉頰周圍就像帶著暖呼呼的熱度一樣飄飄然，溫暖舒適。

相反的，我無能為力從不停落下的雨勢中保護雙腳，逐漸失溫。這個事實再次將我的心孤伶伶地推落黑暗。雖然我跟他說沒事……

從這裡走到學校玄關大概十分鐘。我轉身，決定還是再試著找一下鞋子，獨自折返剛才和八月朔日一起走過的路。

當然，就算再看一次鞋櫃也沒有我那雙深棕色樂福鞋的身影。我稍微尋覓了一下鞋櫃周圍，即使一邊祈禱「不要在這裡」，一邊看向脫鞋處的垃圾桶也沒找著。我嘆了口氣驅散想哭的心情，剛才應該直接回家才對嗎？

「鈴城。」

「哇！」

有人從正後方喊我的名字，我嚇一跳回過頭，是星野老師。

「這次又怎麼了？是又沒傘……看來不是這樣啊。」

「啊，不是……」

老師看著不應該出現在那裡的我，注意到我的雙腳。

「咦，那不是室內鞋——啊，難道妳的鞋子被偷了？」

「呃……」

「偷別人東西什麼的實在太令人生氣了！這是很明確的偷竊行為，是違法的，去報案吧。妳等等，我去跟教務主任說。」

「啊，請等一下。」

我急忙制止已經跨出步伐的老師。感覺事情鬧得越大，之後的報復就越恐怖，與其這樣，我寧願靜靜等待這股惡意的浪潮隨時間消逝。

「沒關係，那是舊鞋子，我本來就打算丟掉，這下反而替我省了麻煩。」我說謊，拚命忍住不讓淚水潰堤。

「嗯……既然妳這樣說的話。」老師微微看了我的臉後退讓道。

「不過，妳這個樣子不能回家吧？我再開車送妳回去。」

「咦？不，那個……」

「從上次的車程來看，從學校到妳家大概要走二十分鐘吧？我不建議妳穿著室內鞋在這種雨天裡走路喔。」

「可是，也還是……」

「再說，我也有事想向妳道歉。等我一下，我開車過來。」

老師朝強烈婉拒的我丟下這句話後跑向教職員玄關。

不久，他將車子停在學生專用的玄關前。事到如今硬要再拒絕好像也不太好，我只好撐開塑膠傘，步出玄關。跟先前一樣，我坐進稍微打開車門的副駕駛座，一繫上安全帶，車子便平穩地出發了。雨刷靜靜拂去打在前窗上的雨滴。

「妳的鞋子真的沒關係嗎？」

「……沒關係。」

「是那種可能會被偷的高級鞋子嗎？」

「……不是。」

「嗯——」

車內充滿尷尬的氣氛。老師一伸出左手打開廣播開關，音響便流瀉出哀傷的爵士樂，他馬上轉換頻道。但大概是不管哪個頻道都不適合現在這個場面的關係，最後他關掉廣播。

「……啊啊，對了，明天是星期六，放假對吧？妳平常放假都做些什麼呢？」

「沒做什麼……」

雖然對不起老師，但我沉浸在悲傷中。被看不見的惡意當作目標這件事令我害怕恐懼，不是處於能夠對話的狀態。

星野老師昨天的舉動、鞋子被放圖釘、樂福鞋不見、能和八月朔日交談而興奮不已、現在還冷冰冰的腳、該用什麼藉口和媽媽解釋穿室內鞋回家……各式各樣的事和情緒混在一起，攪得我一團亂。即使低頭也藏不住的淚水落了下來，我急急忙忙用手擦掉，但老師已經發現了吧。

老師在十字路口的紅綠燈前停下來，吐了一口氣，低聲說了句：

「好。」他撥動方向燈的控制桿。答、答、答，車內響起規律枯燥的聲音。

「妳家有門禁時間嗎？」

「咦？沒有。」

「那……」

星野老師繼續對著前方，只有視線瞥向我。在紅色號誌的照射下，他美麗的側臉看起來就像微微飄浮在日暮的空氣中一樣。他輕勾嘴角，露出惡作劇的笑容。

「我們現在去買鞋子吧。」

「咦？我現在身上沒帶什麼錢。」

「我買給妳。」

「咦咦，這樣不好。」

「我不是說有事想跟妳道歉嗎？就當作是我的賠禮收下吧。」

「可是，老師都已經開車送我了，怎麼還能讓你破費……」

「我完全不在意。提醒妳一點，有時面對大人的好意，過度的客氣也是一種失禮喔。而且別看我這樣，我可是公務員呢。」

他總是很擅長製造讓人難以拒絕的情境。照著老師側臉的光線由紅轉綠，車子駛向與我家不同的方向。

▶▶

在葵花家用過早餐，鄭重向她的父母親道謝後，我離開了那個家。離去時，葵花母親說的話再次讓我淚水盈眶。

「歡迎你隨時再來玩喔，你就像是我們的另一個孩子了。」

父母這種存在的溫暖在胸中逐漸擴散，我深深一鞠躬。

謝謝。雖然不曉得是否能實現這個約定，即使在這裡度過的時間非常短暫，對我而言也是無可取代的寶物。

離開葵花家，我再次回溯起夢中所見的記憶。在柔和細雨中步行約五分鐘的地方，我看到了那棟屋子。不愧是從小就認識的朋友，那是可以稱之為鄰居的距離。

葵花都是喊那個人的名字，所以我對對方的姓並不熟悉，確認了一下在夢裡也曾看過好幾次的「守山」家門牌。我深吸一口氣，安撫緊張騷動的胸口，按下對講機按鈕。過了一會兒，對講機話筒夾雜著雜音，傳來了聽起來很年輕的女聲。

「喂——」

我朝著話筒下的麥克風說話。

「請問，繪里小姐在家嗎？」

「嗯，她在，請問哪位？」

「我是她……高中時的朋友，經過這附近，想著好久不見，來打個招呼。」

瞬間就撒了謊，因為有種不這麼說就會被掃地出門的預感。

不久，屋裡出現衝下樓的腳步聲，話筒中流出「男朋友？」「不是啦！」的對話後，與我所站的伸縮夾門相隔幾公尺的玄關大門開啟。門後，葵花的好朋友綁著一束已變成明亮栗子色的馬尾，穿著運動服現身。

「繪里！」

一回神，話語已脫口而出，在我的意志前喊出了她的名字。頭腦有些發暈，我抬起左手壓著頭。奇怪，這個感覺是……

「咦……你是誰？」

面對眼前突然直呼名諱的男子，繪里明顯露出戒備的樣子。

「啊，抱歉，突然來訪……那個，我是鈴城葵花的朋友。」

我以為只要說出葵花的名字對方便會稍微敞開心胸，卻發現這個想法太過天真了。

「……有什麼事嗎？」

繪里板著臉，似乎比剛才更加戒備。不知道是不是我多心，感覺她臉色發白。

「我想知道葵花身上發生了什麼事，如果妳有知道的，想請妳跟我談談。」

「我為什麼要跟你談？」

「我聽說妳是葵花的好朋友，她對我而言也是很特別的人，所以我想知道她最後為什麼做那樣的選擇。」

繪里皺眉，露出苦澀的表情，遲疑地開口。

「那種人……」

眼前，吹起一陣冷風。

「才不是我的好朋友。」

風勢突然轉強，帶著寒冷如冰的雨滴痛擊我的身體與葵花的心臟。胸口發出咯吱咯吱的擠壓聲，絞痛難當。

像是表明已經無話可說般，繪里打開玄關門，消失在門後。

「為什麼——」

又是一陣暈眩，我的另一個聲音越過自己說到一半的話。

「繪里！為什麼！」

手中的傘落在地上，我雙手抓著夾門。金屬碰撞聲馬上被下雨天的街道吸收。繪里露出不高興的表情，從門後再次現身。

「你這傢伙從剛才開始就怎麼搞的？為什麼第一次見面就直呼我的名字？」

「為什麼說不是好朋友？是我做了什麼嗎？我道歉，拜託妳告訴我為什麼！」

嘴巴自顧自地開口。這是怎麼回事？腦袋搖搖晃晃的。等等，我要小心說話才行。

「你這傢伙怎麼回事？很噁心吔。可以請你回去嗎？」

我的眼睛落下淚水。

「一直以來，認為我們是好朋友的，只有我嗎……？」

「你再鬧，我就要報警了。」

繪里冷冷地發出警告後走進家裡。冰冷的細雨漸漸將我淋濕。左胸因為疼痛與混亂狂跳不已。

「妳……」

我緩緩抬起右手，撫上左胸口。感受心臟正一拉一扯地伴隨疼痛跳動。

人在痛苦時，心口為什麼會痛呢？

「……妳在這裡嗎，葵花？」

我的嘴巴吸入一口混著細雨的空氣，因悲傷而委靡的肺稍微膨脹，有些遲疑又有些不知所措地輕輕吐出一道聲音，震動我的喉嚨。那道聲音，喊了我的名字。

「你是……八月朔日？」

是相連的——我心裡想著。

◀◀

星野老師一邊將車子駛向站前的購物中心，一邊以呢喃的音量開始跟我說話。

「我啊，高中就加入戲劇社，大學時在劇團當演員，所以『演戲』這件事大概已經深入我的骨髓了。」

我不知道他想表達什麼，靜靜看著他的側臉。

「我讓自己徹底成為別人賦予的角色，演出眾所期待的樣子，獲得贊同，也因此很開心，以為這樣就好。舞台之外，我也會窺探周遭的眼色和神情，不知不覺間打造出一個合適的角色來扮演。」

老師的側臉在不時閃過窗外的路燈和對向車燈的照射下，冷冷浮現在夜晚的漆黑中。

「可是這麼一來，有一天我突然發現，角色內部和身體裡那個真正的自己消失了。」

微弱的燈光映照出的臉龐沒有表情，感受不到一絲溫度。

「我不知道真正的自己在哪裡、在想什麼、希望做什麼。或許，他已經不在任何地方了。察覺到這一點的是……令人絕望的孤獨。」

這就是老師昨天說的寂寞嗎？

「當時和我交往的對象和朋友都只看到我的外在。雖然難過，但這也是當然的，因為我只有外在。我的內在什麼都沒有，是個空洞。」

外貌英俊、深受女孩子吹捧的星野老師原來也有這樣的煩惱。或許，人類這種生物無論是誰，都很公平地懷抱著某種扭曲和苦惱在生活吧。一想到這裡，便對身旁這個手握方向盤、原本覺得有點難應付的寂寞男子，產生了些許親切感。

「我就這樣抱著空洞長大了。即使考到教師資格，成為老師，身邊聚集著仰慕我的人，但每當面對他們的期待或是類似憧憬、發亮的眼神時，我都會偽裝自己，內在的空洞也只是相對越來越深。」

不過，老師為什麼要跟我說這些呢？

「人生在世，就會追求和某個人產生關係，想要彼此相連的真實感，否則就太寂寞了。然而，我真正的內心無法和任何人相連，得不到連結的真實感……不管和誰說話，和誰觸碰，孤獨都像灌進洞穴的風，在我內心的空洞哀號。」

燈號變紅，車子停了下來。

「一想到這份孤獨會持續到我死為止……就覺得眼前一片黑暗。」

老師的聲音最後像失去力量消失般，化為如果不是在這狹窄的車子裡，便聽不真切的音量。

「抱歉，說這些無聊的話，因為我就是這樣扭曲的大人哪。昨天，一不小心就想依賴妳了……很抱歉。」

我從老師身上移開視線，垂下頭。車內只有聽起來格外大聲的空調聲。

這世上每個人都懷抱著某種孤獨。老師、八月朔日、我、繪里，或許還有那個把我鞋子藏起來的人都是。為了排解那份孤獨，大家才會把目光轉移到其他事上吧。

「我覺得，會感到寂寞，是因為有這種感受的內在。」

我似乎聽見老師屏息的聲音。

「無論是想和誰連結的心情，還是無法相連的孤獨，都是老師追求這些事的內在。所以，沒有空洞這回事。我想，老師是不是該正視心裡那個寂寞的真實自我，將他展現出來呢？」

燈號變綠，老師緩緩踩下油門。

「對不起，我說得一副很了不起的樣子。」

「不會。」

老師自言自語地低聲道：

「原來，我也有內在啊。」

那是他在學校展現出來的表情和聲音中，難以想像的脆弱。

車子終於抵達購物中心。透過被雨淋濕的車窗看出去，購物中心附設的摩天輪正點起燈，悠悠旋轉，散發朦朧光影。我們的車子駛下前往地下停車場的坡道，平穩地停在停車場中一隅。

熄火後，老師將額頭貼在方向盤上沉默了幾秒。

「好！」

他喊了一聲，撐起身體對我說：

「那我們就去快樂地 shopping 吧！」

老師笑容燦爛，看著他從前一秒陰鬱的氣氛完全變成一個人的樣子，我噗哧出聲。

「哦，妳笑了！太好了，我很高興妳願意笑。」

「老師現在也是在演戲嗎？」

「誰知道呢……我是演員嘛。」

老師解開安全帶，打開車門，瀟灑下車。我一鬆開安全帶，副駕駛座的車門馬上從外面打開，老師恭敬地一鞠躬，朝我伸出右手。

「公主殿下，我們出發去尋找適合妳的玻璃鞋吧。」

我稍微遲疑，最後還是接下他的手，笑著回答：

「普通的樂福鞋就可以了。」

「哦，這樣就不能參加舞會嘍？」

「我沒有要去舞會！」

我笑著說。在老師的牽引下，穿著學校的室內鞋踏上停車場的水泥地。

▶▶

我撿起落在地上的雨傘，將傘面壓得低低的遮住臉龐，跨出步伐，最後還是被趕走之下離開了繪里的家門。腦袋依舊暈眩，不過我現在無法在意那種事。

「妳果然是葵花吧？想不到妳也在我的身體裡。」

腦海裡馬上響起聲音。

（嗯……我好像一直在做夢，就像是……在你身體裡睡覺一樣。）

我的情況也是這樣，但好像有能用對方嘴巴說話以及在腦海裡發出聲音的場合。或許，是因為情緒激動，改變了類似身體同步率的東西吧。剛才葵花甚至完全控制了我的身體。

（一開始，我不太曉得自己怎麼了。意識和視野都一片模糊，就像是有誰擅自在過我的人生一樣，然後我馬上感到很想睡覺就睡著了。不過，最近變得比較清醒，我現在知道你，也知道繪里的事。）

葵花的聲音不像夢中聽到的那麼活力充沛，有些低沉。畢竟從長年相處的朋友口中聽到「那種人才不是我的好朋友」這種話也是無可厚非的吧。我不該隨便去那裡的，胸口隱隱作痛。

「……葵花，剛才繪里說的話不是針對妳，而是對我說的，妳別太在意。」

（嗯，謝謝……可是，我真的不懂，為什麼繪里會討厭我？我發生了什麼事嗎？）

「咦？」

（八月朔日，這不是我做的夢對吧？我……死了，對吧？我還在我們家看到了自己的遺照……八月朔日，我為什麼會死掉呢？）

我停下腳步。如果我的腦袋沒壞的話，現在透過我和我對話的，應該是葵花本人吧？雖然我不知道是什麼原理，直到現在也還對這個事實十分震驚，但這個葵花並不知道自己身上的來龍去脈。這是怎麼回事呢？

「妳是哪個時期的葵花？對情況了解到什麼地步？」

我以為只要問這裡的葵花，就能知道她為什麼會自己選擇死亡。這麼一來，或許就能改變過去的葵花。

（我不知道……我醒著的時候，只知道你看到和聽到的事或是你在夢中看的內容。每次你做夢時，我都是「啊，對喔。」這種回想起來的感覺。）

如果和我共享夢境，並以那些夢境為最新記憶的話，似乎就很難向這裡的葵花追求事實真相了。

（八月朔日，你跟我說，我為什麼會死？是生病？還是意外？）

我猶疑著不知道該怎麼回答。不過，就算對在這裡已經知道自己死亡的葵花說謊、打馬虎眼也無濟於事。

「我聽說……妳是自己結束性命的。」

（騙人！我才不會做那種事！）

當事人幫我說了我從星野老師那裡聽到相同內容時而無法說出口的話，似乎稍微抒解了我心中的鬱悶。

（之前的記憶裡，我的鞋子不見了……雖然或許有些難過的事，但我絕不會自殺。因為，再怎麼難受，也不會永遠持續下去。只要活著，會有更多快樂的事。）

「不過，實際上，妳用延長線綁住脖子……」

（有遺書嗎？）

「聽說沒有。」

（……那麼，我會不會是遭人殺害呢？）

「咦……」

（因為，我實在無法想像自己選擇死亡的心理狀態啊。我還想再活久一點的……）

眼淚從眼眶落下。我也不想相信葵花的選擇。我拭去她流下的淚水，開口問：

「妳的意思是，偽裝成自殺的……他殺嗎？」

（我不知道，但如果不是生病或意外的話，就只有這個可能了。）

「那，到底是誰？」

（我不知道啦……）

葵花有氣無力地說。也是，連自己的死因都不知道，當然不可能知道嫌犯是誰。話說回來，我們在這裡想也不是辦法。

「……葵花，妳想見爸爸媽媽嗎？」

我感受到身體在葵花的意志下驚訝地屏息，心臟無措不安地跳動。

（我想……說到這個，我昨天見到媽媽了。）

「咦，是嗎？」

（因為我恍恍惚惚的，可能不小心搶走你的意識了。我好久沒見到媽媽了，她看起來很累。我們幾乎沒能說話。如果可以的話，我想和她好好再一次聊聊……可是，現在，總覺得有點可怕。）

「為什麼？」

（因為我幾年前就已經……死了。見面的話，可能會讓他們害怕或是混亂……）

「這樣啊……」

我原本想，如果能利用自己的身體，讓深深愛著葵花的那兩位見到女兒的話，是件很棒的事，但如果葵花不希望的話就沒辦法了。

（啊，糟糕……）

葵花的聲音逐漸微弱，我急了起來。

「怎麼了！」

（我好想睡覺，我稍微……睡一下……）

「又要睡了嗎！」

連結即將消失的預感令我湧現難以忍受的焦躁。我還想再多跟葵花聊聊，還有好多想傳達的事。

「妳還會……再來嗎？」

（嗯，大概……八月朔日。）

「嗯？」

（之前的……問題。）

「問題？」

（你說……因為你……）

葵花原本充斥在腦海中的清澈聲音消失，持續的暈眩也停止了。剩下的，只有寒冷的孤寂。

「因為我……」

拿著傘的右手無力垂下，我仰望天空，細雨馬上淋濕了臉龐。厚厚的雲層陰沉地覆蓋天空，彷彿將帶著希望的藍天也藏了起來。

◀◀

星期五晚上的購物中心人潮洶湧，我一面戰戰兢兢，深怕會被認識的人看到，一面拚命跟在於人群中暢行無阻的星野老師身後。終於，他在一間散發流行氣息、主打年輕人穿的鞋店前停下腳步。

「太貴的店妳大概會不好意思，這裡可以嗎？」

「啊，可以。可是，真的沒關係嗎？」

老師啪地彈響手指，食指指向我的嘴巴。

「好，這句話已經禁止說了。對我客氣是沒用的，來，去找喜歡的鞋子吧！」

我向老師道謝，環顧店內。雖然穿著學校室內鞋逛鞋店實在丟臉到家了，但為了改善這個狀況，也為了不要讓老師久等，就快點結束購物吧。

我在室外女鞋區找到了風格和今天不見的鞋子類似的樂福鞋。我拿起鞋子，店員姊姊立刻上前來搭話，我決定試穿看看。我一坐上矮凳試穿鞋子，站在店門前望著人來人往的老師便走了過來。

「決定這雙了嗎？」

「嗯，因為風格很像之前的鞋子。」

老師一走到我前方便蹲下身，單膝跪地，平視座椅上的我。

「很適合妳喔，公主殿下。」

「請不要這樣，很丟臉。」

站在一旁的店員笑呵呵地投下了震撼彈。

「很棒的男朋友喔。」

「不是的！」

即使連忙否定，也沒辦法說他是學校的老師，我只能垂下視線。

「不介意的話，要不要試試看呢？當妳的男朋友。」

「請你真的不要再開這種玩笑了。」

「哈哈哈！」

我瞪向老師，他輕輕笑了出來。這個人真的是老師嗎？

我向店員表示要直接穿新鞋離開。老師刷卡結完帳，說難得來一趟要不要去喝杯茶。我以新的樂福鞋尖踢向他的皮鞋，兩人朝停車場走去。

老師發動車子，穿過停車場大門。當夜晚的雨勢襲來，雨刷再次啟動時，他開口道：

「對了，如果我說剛才的話不是開玩笑，妳會怎麼辦？」

「咦？什麼話？」

「我說要當妳男朋友的話。」

我一瞬間忘了呼吸。雖然不甘心，但我知道自己心跳開始加速。

「那一定是不可能的嘛。你是老師。」

「哈哈，我的正式雇用下週才開始喔。」

「那下週就是老師了不是嗎？而且我……」

臉頰漸漸發燙，我低著頭繼續說：

「有……喜歡的人了。」

本來以為會被調侃一番，老師卻很安靜。我偷偷朝老師瞥了一眼，他的側臉面無表情，散發一股冷意。

「嘿，這樣啊。」

老師以感覺不到溫度的聲音說了這句話後，就在有些可怕的沉默中繼續開車。

儘管老師說話總像在開玩笑，但剛才的告白難道是認真的嗎？若是這樣的話，感覺有點對不起他。可是，我們本來就才認識幾天而已，而且應該說老師和學生就不能是那種關係吧？雖然老師開車送我回家、借我傘、買鞋子給我，我很感激，但我有八月朔日了。啊啊，真是的，該怎麼說呢？正當我的腦袋一片混亂時——

「所以……」

老師突然出聲，我的心臟用力跳了一下。

「對方是怎樣的人？果然是我們學校的學生嗎？比妳大？比妳小？」

他像班上的女孩子一樣一臉興致勃勃、趁勢詢問的樣子，令我繃緊的神經都洩了氣，就算只有一瞬間也好，很想叫他把我剛剛埋頭苦思的時間通通還來。

「不告訴你！」

「咦——有什麼關係，告訴我啦——」

「……老師今年幾歲了？」

「二十五歲，怎麼了嗎？」

「請你再更有一點大人的樣子。」

「哈哈哈！被唸了……」

之後的時間裡，我被老師一些無聊的閒談和對教務主任的抱怨逗得發笑，車子終於抵達了家門前。

「鞋子的事真的很謝謝老師，我近期內會回禮的。」

「那種事就不用了啦。我不是說客氣對我沒用嗎？即使這樣妳也想回禮的話，只要偶爾像這樣陪我兜風就好嘍。」

「這就不用了。」

「好冷淡喔！」

我微笑下車，在門前鞠躬行禮，老師揮揮手便走了。

我深呼吸一口氣，重新拿好裝著室內鞋的塑膠袋，打開家門。

今天發生了好多事呢。

▶▶

自從體內的葵花沉沉睡去後，我試著喚了她幾次卻沒有出現的氣息。如果葵花真的處於類似睡眠狀態的話，勉強吵醒她也不舒服，我決定先讓她靜一靜。

就像我睡著時會闖入葵花過去的記憶一樣，葵花殘留在這顆心臟裡的意識、人格還是記憶……雖然搞不清楚，但那一類的東西醒來時，就會和我的身體同步嗎？要是向學者或媒體透露這種現象，應該會引起軒然大波，但我並不打算將現在的狀況跟任何人說。倒是如果葵花希望的話，我會向她的父母傳達就是了。

我撐著傘，獨自走在細雨濛濛的街道上，偶爾看看手機上的地圖來到了車站。

今天是星期六，明天星期天學校也放假，這是個大好機會。我用手機預約了附近的膠囊旅館，在車站前的購物中心隨便吃了午餐，買了換洗衣物，打發時間，甚至連晚餐也簡單解決後，朝預訂的旅館前進。

本來擔心要是入住時櫃檯說未成年需要監護人同意的話該怎麼辦，但最後證明是杞人憂天，櫃檯人員平淡地幫我處理入住手續。沖完澡後，我早早鑽入令人聯想到蜂巢的膠囊床鋪。為了進入長時間的深沉睡眠，白天在購物中心到處亂逛的策略似乎奏效了，我一熄燈閉上眼睛，睡意便馬上襲來。

睡眼迷濛中，我把對葵花的印象、聲音、動作記憶和疼惜全都沉入意識深處。

沉得很深……很深……

睜開眼，看見的是不熟悉的木頭和室天花板。「成功了！」剛睡醒的腦袋愣了一會兒後，我興奮得不像平常的自己。

「咦！奇怪，這是！」

葵花從被窩中彈起，右手貼著左胸。掌心裡感受到的柔和體溫，撩撥著我的心緒。

「八月朔日，難道你來了嗎？」

（嗯，早安。）

葵花的體內今天依舊溫柔暖和，透過她的身體所見到的房間也透著一樣溫暖的陽光。這幅景象把我的心烘得暖暖的。

「早安……不是這樣吧！為什麼要做這種睡覺時間偷襲的事啊！」

葵花的表現讓我下意識笑了出來。她的身體跟著我的情緒連動也笑了。從旁來看，變成葵花一個人又氣又笑。這種樣子可不能讓人瞧見。

（我沒有偷襲的意思，是睡著就變這樣了。）

葵花慌慌張張用手梳理頭髮。

「啊，真是的，竟然這種時候來。我換衣服或是上廁所的時候你打算怎麼辦？」

（啊，對喔。）

「什麼對喔，女生早上有很多事要做的。」

葵花嘟起嘴巴。她的心臟很舒服地快速跳動。

「而且，你說你是睡著後過來的，代表你現在在睡覺吧？我之前就想過了，你的生活規律是不是有點不正常啊？生活要好好過才行喔。」

葵花以為我處於跟她相同時間軸的另一個地方，會這樣評論也是無可奈何的事，我也不可能更正。

（妳說得對，我會注意的。）

「你完全沒在反省嘛！」

我笑了一會兒，補上一句：

（不過，如果我晚上睡覺的話，不就不能像這樣和醒著的妳說話了嗎？）

她的心臟因為這句話苦澀地跳了一下。

「話是這麼說……沒錯。」

從目前為止做夢的經驗來看，我的時間與葵花這裡的時間實際上似乎沒有並行，但這件事也不能向她解釋，讓人有點焦躁。

「我等一下要在客廳吃飯，你在我家人面前絕對不能做出奇怪的舉動喔。」

（知道啦。妳媽媽做的菜很好吃對吧？）

「咦？你怎麼知道？」

這句話是我大意了。因為我昨天早上才在沒有妳的家裡享用過早餐，對從來沒吃過母親親手做的菜的我而言，是非常溫暖的一件事。

「啊，是不是之前也有過我在家時你進來我身體呢？」

（沒錯沒錯。）

「啊，討厭，從以前到現在，我都讓你看到了什麼事啊？奇怪的事全部要忘掉喔！」

（放心，沒有什麼奇怪的事。）

葵花支支吾吾地沉吟，臉頰漸漸發熱。

之後，她閉上眼睛、塞住耳朵上完廁所再避開鏡子洗臉，有些緊張地吃完早飯，一回到房間又閉著眼睛成功換好了衣服。我不由得露出微笑感受著這一切，因為她的可愛，感覺自己都要不正常了。

「唉……總覺得好累喔……」

葵花坐在書桌前嘆氣。

（哈哈，辛苦了。對了，葵花，今天是星期幾？）

「咦？星期六啊？」

（妳有預定做什麼嗎？）

「嗯——今天好像沒有什麼特別的預定。」

（太好了，那妳可以稍微陪我一下嗎？）

「咦……」

我想嘗試一件事。透過葵花房裡的蕾絲窗簾望出去，天空呈現梅雨季中久違的一片蔚藍。

◀◀

八月朔日用腦海裡的聲音說著奇怪的事。

（我希望妳能將自己的一件東西埋在某個地方，什麼東西都可以。）

「咦……為什麼？」

（算是個……小實驗吧。抱歉，我不能跟妳說理由，也希望妳千萬不要拒絕我。）

「咦咦，什麼條件嘛。」

雖然內容亂七八糟，八月朔日的聲音卻認真無比。

（埋什麼東西都可以，把它想成不會再回來了。抱歉，這真的是個很奇怪的請求，但對我來說非常重要。）

「嗯——知道了啦。」

八月朔日好奇怪。不過，幸好今天就像我跟他說的一樣沒有預定計畫，我決定陪陪他。而且，好像有點好玩。

我從椅子上起身，環顧房間一周。既然是要埋起來，不要太大比較好吧。而且，還必須是已經不要的東西。

「這個東西會交到你手上嗎？」

（……如果實驗成功的話，應該會吧。）

「咦！那你會過來嗎？」

他似乎對於回答有些猶豫。

（雖然不知道是什麼時候……）

「那，你到時候要叫我！」

（嗯……好。）

可以見到八月朔日了。一想到這兒便胸口發熱，心臟快樂地跳動。

既然如此……我興起了小小的惡作劇心理。我回到書桌前，打開上鎖的抽屜，抽出一個沉睡在裡面的橫式信封。

「這種東西也可以嗎？」

（那是什麼，信嗎？可以是可以，但沒關係嗎？那不是很重要的……）

「沒關係，是我本來就打算有一天要丟掉的東西。」

我按照八月朔日的指示，從媽媽那裡拿了個空的糖果罐放入信封，再用塑膠袋包起來，為了挖土還帶上了鏟子。我跟媽媽說要和朋友去玩，還被笑說都這個年紀了還要玩沙嗎？

才一踏出家門，久違的晴天就太過刺眼，令人忍不住瞇起眼睛。還好今天是晴天。棉花糖般的白雲飄浮在澄澈的藍天裡，一架飛機從遠方拖曳著白線飛行。

「那要埋在哪裡呢？」

（上去蜀葵花河堤的那個地方，可以看到河邊草原有一棵樹吧？我覺得埋在那棵樹的樹幹下不錯。）

「喔喔，很有感覺吔。」

（對吧？）

晴天。收到一項神奇的委託，我和特別的人一起散步。初夏的陽光曬得人熱熱的，隨風翻飛的裙襬在太陽下閃閃發亮。

不知為何有種開心的感覺，胸口一直歡欣雀躍，嘴角止不住地上揚。

（葵花，妳好像很開心呢。）

「呵呵，很開心啊！」

配合這句話，我輕輕一跳，左手的塑膠袋「唰」地在風中搖擺，外出用的皮鞋鞋跟親吻柏油地面，喀的一聲，發出悅耳的聲響。

當我發現在繡球花盛開的公園裡，一名小女孩和她的母親一起看向我之後，臉頰倏地發燙。一個女高中生在那裡做什麼啊？八月朔日也笑著這麼跟我說。

（哈哈，妳在做什麼啊？）

「唔唔，我有點太亢奮了。」

我遮著嘴巴回答。手掌下，八月朔日又笑了。我又害羞又開心又高興，自己也笑了。一個身體兩個人發笑的話，似乎會變得呼吸困難，但因為這個情況太滑稽了，最後我邊笑邊開始咳嗽。

（等、等一下，咳！葵花，冷靜點。）

「哈哈哈！咳！抱歉抱歉。啊——好開心喔！」

只要你在身邊，我的心總是很溫暖。好開心，好高興。好喜歡你。

我向公園的小女生揮揮手，對方也笑著跟我揮手。帶著喜悅的心情再次邁開腳步時，八月朔日喃喃說了些什麼。

（……我會保護妳的。）

「咦，保護？保護我什麼？」

（不，沒事，不重要。妳看，看到了。）

鈷藍色天空的背景下是蓊鬱的河堤，遍地的蜀葵花隨風搖擺。我爬上那條坡道，從河堤上方俯瞰河畔。草原沿著河畔蔓延，一棵孤伶伶的橡樹鬱鬱蔥蔥，佇立其中。我走下連接河畔的階梯，連日雨水帶來的些許泥濘，讓我一踏上草原便後悔穿皮鞋過來的這件事。

（妳沒事吧？抱歉，我指定的地方好像不太好……）

「沒事，沒事。」

幸好，託茂盛的雜草之福，似乎不會滑倒。抵達目的地後，我蹲在橡樹樹幹旁，拿起鏟子挖洞。

「呼，是這樣嗎？」

（沒錯，辛苦妳了。）

我將那個神奇的時空膠囊放入足以埋好空罐的洞裡，覆上滿滿的泥土。

雖然有點，不，是非常害羞，但如果這封信真的能送到八月朔日手中就好了。

如果到時我在他身邊，就好了。

▶▶

埋好時空膠囊後，在葵花的提議下，我們坐在設置來眺望河川的長椅上小聊了一會兒。雖然對她的鞋子和漂亮的雙手都被泥土弄髒這件事感到抱歉，但葵花看起來很高興的樣子，我的心也雀躍不已。我很感激葵花沒有問我為什麼要讓她做這件事，但當她叮嚀：「你來開膠囊的時候一定要叫我喔。」時，胸口痛了一下。

在我活著的未來裡，沒有妳；在妳活著的未來裡，沒有我。

這份胸口的疼痛也不會與妳共享吧。

當我們與高采烈聊著小學和國中學校流行什麼的話題時，天際突然響起電子鐘的聲音，把我從溫暖的夢裡扯了出來。睜開眼，哪來的藍天綠地，更沒有深藍色河川，只有狹窄的膠囊床鋪天花板壓迫在眼前。上層膠囊的鬧鐘聲透了過來，雖然馬上就被按掉，我卻打從心底後悔應該睡前戴耳塞的。

儘管如此，由於在夢中成功達成目的，我以一種蜜蜂幼蟲的心情爬出膠囊床鋪，準備盡快前往目的地。一走出旅館，彷彿前一刻才與葵花一起見證的晴朗是電影還是某種造景畫面似的，整個人籠罩在灰色的雲層和細密的雨滴中，我嘆了口氣，打開傘。

我在百圓商店買了工作手套和鏟子，迅速前往那個地方。經過繪里的家、葵花的家、繡球花公園，便能看見那條坡道。

記得葵花的母親說過她是在三年前離開的。

「三年……」

我試著說出口，感受這段時間的流逝。但或許是因為我平常是透過夢境飛到過去的關係吧，一直沒有真實感。

我登上河堤，走下鋪著石板的階梯。幾個小時前和葵花一起走過的這條道路、現在我走著的這個世界，妳已不在。邁向孤伶伶立在草原中的樹木，我握緊雙拳祈禱。

我站定在那棵樹前，葵花挖洞的地方已經雜草叢生，看不出有埋什麼東西的跡象。不安緊緊勒住心臟。

「……葵花，我來開時空膠囊嘍。」

我們約好的。但即使輕喚她的名字，我體內的葵花依舊沒有醒來。

我收起傘蹲在樹下，從百圓商店的塑膠袋中取出鏟子開始挖土。

一定要有，一定要有，一定要有。

我在心中不斷吶喊，揮動鏟子。淋過雨的土壤十分鬆軟，鏟子一插入，便傳來雜草根莖劈里啪啦斷掉的觸感。

當單調的動作和焦急祈禱的心情開始讓人氣喘吁吁時，鏟子前端撞到了某個硬物。心臟一緊，我嚥下口水，撥開周圍的土壤，一只沾滿泥土、變成咖啡色的塑膠袋看起來像是在守護其中的方盒似的陷入沉眠。我戴上工作手套，小心翼翼從土裡取出袋子。

「哈、哈、哈……有了。」

我上氣不接下氣，心臟轟轟轟地以震耳欲聾的速度狂跳不已。

我沒有脫下手套就心急的直接撕開塑膠袋，袋裡出現一只銀色罐子。沒有進水也沒有遭到腐蝕，如同葵花母親交到她手中時一樣，散發著淡淡的灰銀色光芒。

「有了……」

我再次低喃，眼眶泛淚。左手拿著罐子，右手在胸前緊握，安靜、喜悅地顫抖。

這是我拜託葵花埋在這裡的東西。

也就是說，那個夢中的世界跟這裡是相連的。而我，原來可以干預那個世界。

也就是說……葵花的未來……可以改變！

砰！宛如煙火在近處炸裂般，心臟猛然震了一下。

左胸口突然傳來劇痛。

「唔唔！」

一股激烈的暈眩讓我鬆開了手中的罐子。罐子落到被雨水打濕的草上，裡面的內容物撞上罐身發出沙沙聲。對了，葵花在裡面放了信。

我不能呼吸，膝蓋跪地，一波波的疼痛配合心臟的跳動擴散至全身。

「啊、啊啊啊……」

連額頭也貼到了地上，冰冷的雨水浸透了頭髮和膝蓋。

什麼都還沒改變，我還沒救葵花。拜託！再……等我一下。

命運是想擊潰我，不讓我改變過去嗎？不，我不是要做顛覆世界那種大事，只是想改寫一個少女的悲傷結局，祢可以睜一隻眼閉一隻眼吧？如果能成功，這條命要我獻出多少都可以。還是，我的性命這麼微不足道？

視線朦朧的一角，發現河堤上有個女生大概是注意到這裡的異常，從階梯上衝過來的身影。我的意識就此中斷。

第三章

不會消失的約定

◀◀

當我們在能望見河川的長椅上開心暢談時，我感覺到八月朔日消失了。他總是突然消失不見。他說自己是睡著後過來的，所以現在是醒了嗎？

我獨自起身，走到埋著時空膠囊的橡樹前拍了兩下手，祈求「時空膠囊能夠順利送到」，又因為這個舉止有些滑稽，笑了一會兒。

沿著河畔散步回到家中，稍微煩惱了一陣子，還是從剩下的信紙組中抽出紙箋，寫下留言，放入書包。午飯後，在大太陽下洗了學校的室內鞋，晾乾後便無所事事地打發了一天。

星期天與繪里和亞子約好去車站附近玩。國中時的朋友亞子竟然被班上的男生告白成了班對。繪里超級興奮，東問西問，亞子也紅著臉，又羞又喜地和我們分享。亞子這個樣子看起來真好。

途中，亞子的男朋友打電話來，看著她臉帶嬌羞講電話的樣子，我摸著手機想到「對了，我也可以。」為自己的靈光一閃送上稱讚。

我和繪里兩人帶著別有深意的微笑，以又像促狹又像祝福的生冷目光望著亞子緊貼手機的害羞模樣，此時，左胸輕盈地亮起一抹溫暖。

「啊！來了！」

我不假思索把喜悅喊了出來，繪里狐疑地看著我。

「咦？什麼來了？」

「抱歉，我去一下化妝室。」

我急急忙忙抓著包包起身卻遭繪里攔下。

「啊，那我也去。不要把我一個人丟在這種放閃的空間啦。」

「咦……呃……」

「妳為什麼要猶豫！啊，難道妳是要大——」

「繪里大笨蛋——！」我大喊，慌慌張張遮住繪里的嘴巴。

我聽到的聲音他也會聽到，不管是說出來還是聽到奇怪的事都很丟臉。

儘管如此，我也不知道該說什麼才能從這裡溜走。再耗下去，八月朔日可能又會消失了。

「等一下啦，妳幹麼突然這樣？」

繪里撥開我的手，一臉不高興的樣子。

「啊，對不起。那個，兔子先生……那個……」

繪里抬頭望著不知所措的我一會兒後，像是明白了什麼似的邪邪一笑，豎起右手大拇指，瀟灑指向背後。

「去吧。」

我輕聲道了一聲謝就奔出去。從以前到現在，繪里突然展現的體貼幫我多少次了呢？

在跑到繪里和亞子的身影大約被擋在建築物後看不見的地方時，我右手抓著手機悄聲說：

「抱歉，八月朔日，讓你久等了。」

好開心八月朔日今天也能來到我的體內一起說話，胸口擊鼓般地怦怦直跳，臉頰越來越燙。

不過，腦海中並沒有響起他的聲音。

「……八月朔日？」

是睡昏頭了嗎？我將注意力移向左胸，那裡的確還有他的熱度。

「哈囉——八月朔日——」

不安在心中泛起騷動的漣漪。這麼一想，直到幾天前，兔子先生不會說話還是理所當然的事。但自從知道能和他對話後，我變得越來越貪心，也開始害怕起來。他發生什麼事了嗎？還是，我做了什麼事惹他討厭了呢？

（啊……）

腦袋裡響起聲音。

（葵……花？）

「太好了。真是的，你剛才為什麼不說話？」

我鬆了一口氣，知道身體漸漸放鬆戒備。

（咦？我怎麼了……）

「呵呵，你果然睡昏頭了嗎？」

（嗯……啊啊，時空膠囊……）

「嗯，我們昨天埋的。」

（咦？昨天？啊，啊啊，這樣啊，是昨天啊。）

看來，八月朔日睡昏頭的情況非常嚴重。時鐘指針早已經過了中午來到下午茶時間了，他到底過著什麼樣的生活呢？是在上夜校嗎？還是……

「你又為了和我說話，所以在這種時間睡覺了嗎？」

他停頓了一下。

（對啊。）

毫不掩飾害羞的直白，甜甜綁住我的心臟。如果這是看不見對方表情的電話，我就會耳朵貼著手機，高興害羞地手足無措吧？但如今我們共享一具身體，不會有這種事。

「啊，對了，八月朔日！」

（咦？怎麼了？）

想起差點因為自己的幻想而忘記的目的，我將右手中的手機拿起，放在眼前。

「電話號碼！我們來交換吧！這樣一來，你就算是不睡覺進入我的身體，我們也能交談了，還能打電話！」

本來覺得這是個讓人懊悔「要是早一點這麼做就好了」的想法，心頭卻傳來微微的悲傷。

（……抱歉，我沒有手機。）

「咦？現在的高中生會沒有手機嗎？」

八月朔日輕輕笑了笑說：「還是有這種人的喔。」

「這樣啊，好可惜。」

我想起剛才心口的疼痛，不禁有了「這或許是他善意的謊言」這種沒有根據的想法。若是這樣的話，他撒這種謊的理由是……

（……葵花，妳剛剛在買東西嗎？）

「我和朋友在一起玩，因為你來了就溜出來了。」

（咦？沒關係嗎？）

「嗯——應該沒關係吧。啊，對了。」

我解開手機鎖，打開通訊ＡＰＰ，輸入文字給繪里。

『抱歉，我去約個會！』

和我共享視覺的八月朔日，升高了胸口的溫度。

（等一下！妳說約會……）

按下傳送鍵，繪里立刻回傳了驚訝的貼圖，即使關閉畫面，手機也響起好幾次新訊息的震動通知。我不以為意，將手機收進包包。繪里、亞子，對不起，之後再讓我謝罪吧。

不知道何時會來也無法打電話的八月朔日在這裡。對我而言，現在是非常珍貴的時間。

「呵呵，那我們走吧。」

雀躍的心推著我的背，我踏出輕盈的步伐。

（去哪裡？）

「什麼去哪裡，去約會啊。」

（……雖然很不好意思，但我從來沒有約會過，約會該做什麼呢？）

「我也沒有。嗯……就是一起逛街、散步，喝茶之類的吧。」

（但我不在妳那裡……）

「我們現在就像在一起啊！啊，不過，我這樣一個人嘰哩呱啦說話，感覺很怪吧？」

（妳手機貼著耳朵就可以了，那樣看起來就像在講電話吧？）

「……八月朔日，你真是天才！」

我從包包取出手機貼著耳邊，心口一直歡欣鼓舞著。

就這樣，我們神奇的星期天約會開始了。

▶▶

老實說，我不明白現在是怎麼一回事。

我將自己交給葵花的身體，走在購物中心裡，回溯自己中斷的記憶。我應該是倒在那個挖出時空膠囊的河邊了。或許，我已經死了。就算沒死，可能也是在那片淋著小雨的雜草上徘徊在生死邊緣。

如果我的身體就那樣漸漸失去溫度、不再有動靜的話會怎麼樣呢？我的精神會就這樣繼續留在葵花三年前的身體裡嗎？若是這樣的話……有一部分的自己也覺得這樣「意外地不錯」。

因為就算回到那邊的世界，葵花也不在。我不禁認為，如果能在這裡，在葵花的體內和她舒服地住在一起，偶爾被嫌棄一下共享體感這件事，卻也能像現在這樣開心生活的話，該有多麼幸福啊。不過，這也代表——

「啊，八月朔日，你看你看！好可愛！」

左耳貼著手機的葵花，在充斥著粉彩色的玩偶店前停下腳步。玩偶店門口擺了隻外型圓滾滾的Q版兔娃娃。葵花摸著娃娃，右手傳來軟綿綿的輕柔觸感。

（邊講電話邊說「你看你看」很奇怪喔！）

「哈哈哈，大家不會注意那種小事啦。」

葵花的心臟以很舒服的方式跳動。「不會注意那種小事」，我甜甜地在心裡回味這句話。是啊，不要注意那種小事，盡情享受現在的這份幸福吧。

我們就這樣邊走邊聊，逛了各式各樣的店。葵花在雜貨小鋪裡買了個頂端長著兔耳朵的粉紅色手機殼。

「耳朵不會很礙手礙腳嗎？」

我一發出疑問，她馬上開心回答：「就是有耳朵才好啊。」所以她喜歡兔子嗎？

葵花拿著購物袋，耳朵貼著手機隨意走在通道上時，似乎看到朋友的身影出現在前方，露出慌張的模樣。

「糟了，八月朔日，我們躲起來吧！」

（咦？假裝在打電話混過去不就好了嗎？）

「不行！說要去約會結果一個人走在路上，看起來一定很可悲吧！」

葵花急忙衝進附近一間服飾店，藏在陳列著五顏六色服裝的架子後方，盯著通道看。結果，很不幸的，葵花的兩名朋友說說笑笑地朝她藏身的這間店走了過來。

「不會吧！」

（哈哈哈哈！）

「不准笑！」

葵花悄聲對我事不關己的笑聲發出抗議，心跳飛快。真希望她能珍惜自己的心跳次數——這句話就算不是處於這個情況，我也無法說。

葵花謹慎觀察兩名朋友閒逛的動向，繞過她們視線死角的架子，悄悄從靠近店門出口的地方離開。儘管她的舉動十分可疑，卻沒有店員來搭話，這樣的好運實在得好好感謝一番。

「啊啊，好緊張喔。」

葵花小跑步穿過通道，笑得一臉開懷。

為了避免和朋友撞上，我們改變樓層進入飾品店。雖然這裡不是精品櫃而是針對年輕人的店面，依然陳列了形形色色的項鍊、耳環、手鍊和髮夾，光彩熠熠。

（女生果然都喜歡這類的東西嗎？）

「嗯——雖然我平常不怎麼戴，但的確光是看著就很開心。你喜歡戴耳環的女生嗎？」

（耳垂上用針刺開一個洞，好像有點恐怖吧。）

「好，那我不要穿耳洞。」

（咦咦！妳不用管我的喜好，做妳喜歡的事就好了。）

「沒關係，這很重要。」

葵花離開日常休閒風的展示櫃，在像是派對宴會專用的華麗區前面停下了腳步。

「啊，那這種的怎麼樣？」

葵花將手機放進包包的口袋，單手拿起架上的皇冠戴在頭上，走到全身鏡前面。

看著鏡子的視野裡，鮮明地映著平常不太能看到的葵花身影。彷彿她就站在我這個人前方，和我面對面一樣。心臟痛苦地敲擊，幾乎令人暈眩。鏡子裡的葵花笑盈盈地說：

「八月朔日，你的心跳在加速喔。」

（咦？唔，沒有……）

葵花笑呵呵地抖著肩膀，捏起白色洋裝的裙襬，稍微擺了個姿勢。

「你覺得好看嗎？」她以旁人聽不到的音量低聲問道。

胸口因為葵花宛如披著婚紗的新娘身影，不由分說地發熱。總覺得要在這種場合坦率稱讚，實在太難為情了，我只能將真心話包裹在玩笑裡，掩飾我的害羞。

（嗯，非常好看喔，公主殿下。）

鏡中的葵花微微睜大眼睛，臉頰染上一抹紅暈低聲說：「你不要跟星野老師說一樣的話啦。」這句話勾起了我的注意。

（咦？什麼意思？）

然而，店員的大嗓門卻蓋住了我的問題。

「下午五點鐘，店內全品項七折特賣即將開始——」

「咦？已經這麼晚了嗎？」

葵花慌慌張張將皇冠放回架上。

「我有件太陽下山前想做的事！」

語畢，葵花迅速離開了喧騰起來的飾品店。

這棟購物中心在戶外區設有可供小孩子遊玩的遊樂器材，附近還有一座大型摩天輪。這座摩天輪在三年後的未來——就我而言是昨天——依舊運轉著。葵花左耳貼著手機，排進搭乘摩天輪的隊伍。

「真糟糕，一個人搭摩天輪可能比我想像還丟臉……」

（妳幾個小時前不是還說『我們現在就像在一起啊』？）

「這個和那個不一樣啦。」

逐漸西沉的太陽綻放出橘色的光芒，悶熱的空氣也緩和下來，開始吹起舒服的微風。

想在購物中心搭乘摩天輪的遊客似乎並不多，隊伍平順地前進。

「這座購物中心啊，大概是我小學低年級時蓋好的。之前附近都沒有這類設施，所以剛開幕時造成了很大的轟動。」

葵花朝耳朵旁的手機麥克風說話。在一旁的遊客眼中，看起來大概就像一個不停在講電話的女高中生自己在排隊吧。

「那時候，這座摩天輪也大受歡迎，我排了一個多小時喔。」

（啊，原來妳搭過啊。）

「嗯。是爸爸帶我來的。我鬧脾氣說好累好累，爸爸就一直背著我排隊，一句怨言也沒有。」

（……這樣啊，真是溫柔的爸爸。）

「嗯。」

隊伍終於輪到葵花，她有些尷尬地將票券交給工作人員，看起來就像是自己一個人搭進了紅色車廂。她坐在單側椅子上，吁了一口氣。

「他們會不會覺得我自己一個人搭摩天輪很可憐呢？」

（不要注意那種小事。）

我笑著引用她今天說的話。

「是啊，你說得對，現在要享受當下才行！」

摩天輪載著我們緩緩上升。起初占據視線的購物中心隨著高度上升，逐漸豁然開朗——

「哇啊！」（喔喔！）

我們同時發出感嘆。

朝購物中心另一端延伸的街道、樹林、雲朵、人群，全都沐浴在金黃色的夕陽裡，彷彿一片打著溫柔浪潮的光海，閃閃發光。透過葵花眼睛所見的景色，全都以柔和的溫暖色彩流入我的意志，震撼我的心靈。眼角自然而然發燙，落下一滴眼淚。然而，我卻分不清那是我們之中誰流的淚水。

「八月朔日。」

望著這片奇蹟般的景色，葵花靜靜開口。

「我今天非常開心喔。」

（嗯……我也很開心。）

我坦率地同意了。或許是眼前這片壯觀的景色，把人從害羞與顧慮這些阻礙中解放了吧。

「八月朔日。」

葵花再度呼喚我的名字。

（嗯。）

「我還是……」

我可以想像此時屏住呼吸的葵花，嘴唇接下來會發出什麼音節，而我的心頭也已浮現自己應該給予的答案，胸口好痛。

「很想見你……」

從臉頰的感覺可以得知葵花在微笑。但這次我清楚明白，再度落下的淚水是葵花的眼淚。

我也曾有過「如果能一直在這裡……」的天真想法，但這果然不是真正的我們。

然而，真正的我們……

（……葵花。）

「嗯。」

我移動葵花的右手觸碰她的右頰。柔嫩的肌膚下流淌著溫暖的血液。

我輕撫她的左頰，她的髮絲。葵花輕輕閉上眼睛，像是把身體交給了我，也像是把注意力集中到被觸碰的感覺上一樣。雖然我的視野也闔了起來，卻仍感覺得到夕陽在眼皮外灑下溫柔的光芒。

（雖然，現在很難……但總有一天，我們一定……）

「嗯。」

（……要見面。）

「……嗯。」

我知道她露出了笑容。瞇起來的眼角再次溢出淚珠，溫暖地沿著臉龐不停滑落。

我也想見妳。想見妳到不能自已。想用我的手觸碰妳，擁抱妳。

為此，我應該待的地方果然不是這裡。

我的身體怎麼了？還活著嗎？如果活著的話，應該還有該完成的事吧？

現在不是悠哉睡覺的時候。

就像在燃燒的胸口裡嘶吼一樣，我用力、強烈地想著：

醒過來。

醒過來，醒過來。

醒過來，醒過來，醒過來！

◀◀

「啊……」

當摩天輪差不多抵達頂點時，胸口的暖意突然消失了。

不知道是不是心理作用，感覺連金黃色的景色都稍微黯淡了下來。他總是像這樣突然消失。

我擦掉淚水，在變得孤伶伶的車廂裡描繪著他的軌跡，輕撫他碰過的臉頰和頭髮。

一離開摩天輪，便碰到了恰巧走到戶外來的繪里和亞子。繪里發現我之後露出開心的賊笑。

「哦！把女人間的友情甩到一邊、跑去約會的叛徒在這裡喔——咦，葵花，妳怎麼了？」

大概是看到我發紅的眼睛嚇了一跳，繪里快步來到我身邊，溫柔地拍撫著我的背。

「那個人對妳做了什麼討厭的事嗎？要我去揍他一頓嗎？」

我搖搖頭，溫柔的對待令淚水再度氾濫。

「繪里，怎麼辦？我……」

「嗯，妳說，我聽。」

我將額頭抵在繪里的胸口，溫柔的友人輕輕攬住我的肩膀。

「我太喜歡他了，好痛苦。」

繪里微笑，輕輕拍著我的頭。

「這樣啊……不過，我覺得這是一件非常幸福的事呢。」

「是嗎？」

「嗯……話說回來……」

繪里將手掌從我的頭上移開。

「妳把我們丟到一邊，在這裡放什麼閃啊！」

她將雙手探進我的腋下開始搔癢。我受不了地笑出聲來。

「罰妳請吃可麗餅！」

「知道了，知道了，別搔了！」

就這樣，我留下了各式各樣複雜的情感，度過了星期天的傍晚。

▶▶

意識有如忽然從漆黑的海底浮起般在光芒中甦醒。

我反射性地睜開眼，坐起身，發現自己似乎被安置在一間強烈散發出病房氣息的房間，睡在角落的床上。外頭大概是傍晚，房裡除了日光燈的光線，還灑入了橘色的光芒。

看樣子，我還活著。左胸口的跳動告訴了我這個事實。

「……你醒啦。」

一道女聲傳來。我看向身後，前一天才剛見面的那個人，依舊一臉不高興地站在那裡。

「繪里小姐?!」

她似乎有點不好意思，避開我的眼神瞪著窗外說：

「抱歉，為了確認你的身分，我看了你的學生證和健保卡。當然，我不是自己隨隨便便看的，是和醫生一起，嗯。」

難道說，是這個人救了我嗎？

「你這傢伙，叫八月朔日行兔對吧？好奇怪的名字。」

眼前這個說話聲調硬邦邦的人，沒有夢中見到的那種直爽，是因為我不是葵花，還是流逝的時間所致呢？

「你睡著的這段期間醫生幫你檢查過了，好險沒有發現異常，說你身體非常健康。」

「那個，謝謝妳救了我。」

「……我只是不想有人死在我面前而已。」

「就算這樣，還是妳救了我。」

繪里嘆了一口氣垂下頭，猶豫了一陣後以認真的眼神看著我說：

「你這傢伙……是葵花叫『兔子先生』的那個人嗎？」

身體彷彿竄過一道電流。

「妳知道了嗎！」

我從床上探出身體詢問，繪里拿起擺在後方架上的東西遞給我。那是我剛才挖出來的葵花的時空膠囊罐。我雙手顫抖，接下罐子。

「你都失去意識了卻還緊抱著那個不放，救護人員費了好大的力氣才拿開。」

罐子在我失去意識前應該已經掉了才對。我只能想到是葵花移動我的身體，幫我撿起了罐子。

「抱歉，這個罐子我也打開了……這是我個人獨斷的行為。啊，不過，我沒有連裡面都打開！」

在繪里的示意下，我打開了罐子。裡頭放著我也曾在夢裡看過的純白色橫式信封，外表樸素，沒有任何文字。我抽出信封翻過來，上面以粉紅色墨水寫著小小的字——信封右下角寫的是她的名字「鈴城葵花」；左上角寫著「兔子先生收」。

我吃驚地抬頭看向繪里。

「國中時，我們的朋友圈裡曾經很流行買可愛的信紙寫情書給喜歡的人。當然，大家都沒有勇氣真的給出去。但就算沒有把情書送出去，拿到學校裡熱烈討論一番也是件開心的事……葵花也在那個圈子裡，當時，她滿臉通紅地否認，說自己沒寫，但原來，她也偷偷寫了啊……那個粉紅色的中性筆是她很喜歡的筆，常常用。所以我想應該不會錯。」

原來，葵花放進時空膠囊裡的，是她國中時寫給我的信。

「打開看看吧。」繪里說。我揭開信封，裡頭摺起的信紙也是純白色，彷彿代表了她的個性。我小心翼翼攤開信紙，上面以黑色墨水排列著葵花工整漂亮的字跡。

兔子先生拜啟：

你好嗎？我很好。

因為學校朋友現在很流行寫情書，所以我決定也來寫寫看。
話是這麼說，但我和她們不一樣，不是很清楚這封信該送去哪裡。
因為，你一直都在我心裡。
（啊，這樣寫，好像那種有點害羞的詩喔。）
不過，你真的從小就偶爾會出現在我心裡，
很神奇地傳達出你很珍惜我的那份心意。
我很高興。每次你來，都覺得心裡暖暖的。
遇到討厭的事或是寂寞時，你的存在總是為我帶來幫助。
我在你身上也感受到了某種寂寞的氣息，當我想溫暖你的同時，
結果又再次從你的存在獲得了溫暖。
……咦？所謂的情書，該寫些什麼呢？
算了，反正這是封不會被看到的信，我要隨自己心意來寫。
希望，似乎總是在靜靜哭泣的你能夠綻放笑容。
雖然我不知道你的聲音、長相和名字，

但不知道什麼時候開始，當我一回神，
自然而然就產生了一股很強烈、很強烈的心情。
兔子先生，我喜歡你。
過去，一直喜歡著你。
今後，大概也會一直喜歡下去吧。
期盼有一天能夠見到你，和你一起歡笑。

看完信，我小心將信紙摺回原來的樣子，收進信封裡。我雙手摀住臉，品嘗那惹人痛苦的心疼。

如同我心裡想著葵花一樣，葵花的心裡也想著我嗎？而且，比在夢裡交談更早以前，她就一直想見我了嗎？

自從父親離開家後，我便一直缺乏對自身存在的認同感——允許自己存在這個世界的感覺，藉由葵花的話語從發熱的胸膛擴散至全身。

「那個，我明白你的心情。」

繪里的聲音帶著些焦慮。

「但一直哭也不是辦法……啊，怎麼說，那個，請你打起精神。」

察覺到她是在擔心我後，我有些高興。

「明明昨天把我趕走，今天卻很溫柔呢。」

我放下掩面的手，微笑回答。繪里漲紅了臉。

「你、你沒哭嗎？被你騙了！」

「哈哈哈！我沒騙妳啊。」

「因為昨天很突然，而且以第一次見面而言，你的態度很失禮，我覺得你是個怪人，不小心就露出敵意了……抱歉。」

看來，繪里不再叫我「你這傢伙」了。

「加上，我現在知道你對葵花來說是很特別的人。」

「咦？妳不是說葵花才不是妳的好朋友嗎？」

「那是因為……」

繪里的眼睛泛出淚光。從窗戶透進來的夕陽，將她的眼淚映照出茜色的光芒。

「因為……」

像是要掩飾落下的淚水，這次換繪里雙手遮臉。手心後傳來了因為哭泣而顫抖的聲音。

「如果是好朋友的話就跟我說啊。為什麼不找我商量就一個人走了？為什麼不想想留下來的人有多難過、多懊悔、多寂寞呢——」

繪里再也忍受不住似的蹲坐在地，嚎啕大哭。原來如此，原來是這麼回事啊。

我鬆了口氣，又有些高興。葵花，妳聽到了嗎？妳的好朋友沒有討厭妳喔。看樣子，她現在還一直喜歡妳喔。

我離開病床，蹲在啜泣的繪里身旁。

「雖然比不上妳，但我也對葵花有些了解……她一直把妳當成最好的朋友喔。」

繪里抬頭看了我一眼，臉龐瞬間皺成一團，淚水再次奪眶而出。就這樣，像是將積累已久、再也承受不了的疙瘩一點一滴釋放般，繪里縮成一團，不斷地放聲哭泣。

待繪里冷靜，我離開病房去繳費，令人懷疑是不是看錯一個零的金額讓我瞪大了眼睛。正當我因為錢包裡的現金不足而手忙腳亂時，繪里幫我墊了一半以上的金額。「趕快還我喔。」像是刻意遮掩害羞似的，繪里以平板的聲調宣告。我朝她深深一鞠躬。

離開醫院時，天色已經完全暗下，雨也停了。夜空中難得閃爍著幾點星光。我和送我到車站的繪里並肩而行，開口問：

「那個，繪里小姐。」

「什麼？」

「妳剛剛說為什麼葵花什麼都不跟妳商量……」

「嗯。」

「我在想……葵花或許也有可能是他殺。」

繪里一言不發看著我。

「妳不認為葵花不是那種會自己結束性命的人嗎？」

「……我一直都這麼覺得。但是，我後來聽說，葵花遇到了類似輕微霸凌的事。」

繪里垂著臉，握緊拳頭。

「或許，真的有那種事……但她說，只要活著，就會有更多好事發生……」

「還真像她會說的話呢。」

「所以，如果妳有什麼頭緒的話，請告訴我。」

繪里像在思考什麼般，隔了三個呼吸後開口道：

「這麼說來，星野老師好像偶爾會開車送她回家。」

我嚥下一口口水。這有關係嗎？我想起和葵花一起在那間首飾店時，她不經意說出了星野老師的名字。

「啊，星野老師是我們高中時暫時代課的數學老師，是一個超級大帥哥，女生都很迷戀他，但也有一些不好的傳聞。不過，大概是一些男生因為女生不理他們才洩憤造謠吧。」

「怎樣的傳聞？」

「說他把迷戀自己的女學生帶回家，做一些……不好的事之類的。而且還一個換一個。」

「……這樣啊。謝謝妳提供這些情報。」

繪里趕緊補充：

「啊，這些都只是傳聞，你不要因為這樣做出奇怪的舉動喔。」

「哈哈，放心啦。」

終於抵達車站，我向繪里道謝了好幾次，她不好意思地說：「這種事沒什麼啦。」

正當我準備告別時驚覺一件事，請繪里稍待後隨即衝進便利商店，從ATM提款機領了錢，將醫院的費用還給她。還好有發現，因為我或許再也見不到這個人了。繪里微微一驚，笑著說：「你真認真吔。」收下了錢。

等再也看不到繪里的背影後，我搭上電車。總覺得身體十分疲憊，雖然今天有大半的時間都在睡覺——應該說是喪失了意識，但我甚至覺得只要回到公寓鑽進被窩，就能瞬間再度沉睡。

車內的乘客零零星星，我才剛坐下，淚水不知為何便違反我的意志撲簌簌地從眼眶落了下來。正想是怎麼了，輕微的暈眩馬上讓我有了底。為了避免周遭的乘客起疑，我從位子上起身靠站在車門邊，佯裝望著車外遮住臉孔，低聲說：

「葵花，妳在對吧？」

（嗯，嗯。太好了，繪里並不是討厭我對吧？太好了。八月朔日，謝謝你。）

葵花聲音顫抖，流淚著重複說了好多次。透過車窗反射，我看到她的淚溫暖地沿著我的臉頰滑落。

「嗯，太好了呢……妳既然有聽到，應該要出來的。」

葵花輕輕搖頭。

（因為我果然還是類似幽靈這類的東西。如果我出來，讓你像之前一樣惹別人害怕的話就太可悲了。）

「我是覺得不會這樣啦。」

（沒關係。但果然，我之前就覺得只要有了解我的你在就好了。）

怦怦，葵花的心臟響起了好聽的聲音。

（你……看過信了吧？）

「……嗯。」

（哈哈哈，果然很害羞啊——因為我是以沒有人會看到為前提寫的。）

怦怦、怦怦，心臟加速鼓動，身體漸漸發燙。即使不傳達內心的想法，我們也享有共同的心跳。我的心意即使沒有說出口，也一定不小心傳達過去了吧。

（那時候的我，想都沒想過事情會變成這樣……）

即使傳達出去，人類還是會希望對方用言語和態度來表達，想要明確的證據。

（八月朔日，你也對我——）

心臟用力拍打，越來越快。那是妳舒服、醉人、甜美的鼓動。我也，我也，一直——

然而——

如果現在我們透過言語互通心意的話，我便會對自己的生命產生眷戀，會忍不住依賴現在的妳。這就代表我承認了妳悲慘的命運。

「葵花，聽我說。」

我嚥下苦澀，出聲打斷她的話。

「我想和星野老師再談一次看看。」

（咦……）

葵花抬起視線，看著映在車窗上的我。那裡的我，在妳眼裡究竟是什麼樣子呢？

星期一早上，天空下著小雨。

玄關前，我套上了星野老師買給我的深褐色樂福鞋，胸口莫名地騷動不安。「沒事的，人生一定能漸入佳境。」我這麼提醒自己，精神奕奕地離開家門。

一如往常，我和繪里一起上學來到學校鞋櫃前。我換上放在塑膠袋裡的室內鞋，將脫下的鞋子收入同個塑膠袋中。

接著，我從書包取出一封信，放進自己空空如也的鞋櫃中。信上寫著小小的「給把鞋子藏起來的人」。那張對摺的信紙裡寫著：「如果我的言行舉止讓你覺得不愉快的話，我為此道歉。像這樣找我麻煩我也不知道該怎麼做才對，所以我想和你談談，改進自己。今天放學後希望你能來中庭。」

如果來了非常可怕的人怎麼辦？要是有一大群人團團圍住我又該怎麼

辦？不安和恐懼再次一點一滴聚攏心頭，我深呼吸一口氣，將它們悉數趕跑。我在心裡默唸「船到橋頭自然直」，跑向等待我的繪里。

上午課堂結束後，午休時間我到鞋櫃探查狀況，結果放在裡面的信已經消失了。那封信送到對方手中了嗎？我的緊張越發高漲。

下午的數學課是星野老師帶的第一堂課。老師好像沒有特別緊張（不如說，一開始感覺學生還比較緊張），他笑容可掬，用夾帶玩笑的自我介紹緩和教室氣氛，在愉悅的氛圍中順暢進行課程。

雖說是暫時雇用，但他真的是個很擅長當「老師」的人。雖然我這種想法有點高高在上就是了。還是說，那個完美老師的姿態也是他的演技呢？如果是這樣的話，這個人也太厲害了。

下課鐘響，數學課結束後，活潑的女孩子們一股腦兒將星野老師圍了起來。我在座位上漫不經心地看著這一幕，老師一邊笑吟吟地應對著女同學一邊看著我，和我視線撞個正著，我趕緊將眼神移向窗外。

放學後。

我帶著緊張的心情迅速前往中庭，天空依舊下著小雨，我撐著傘站在中央噴水池旁。從入學時開始，我便從來沒看過這座噴水池運作過，本該是白色的水池也因為青苔和褐色的泥巴慘不忍睹。大概是下雨的關係，中庭除了我以外沒有其他學生的蹤影，實在令人感激不盡。

我幾次深呼吸，將悄悄逼近胸口的不安與恐懼的陰影趕跑。此時，前來中庭的一扇門打開了。飛快跳動的心臟像在拍打我一樣，我轉向那側，迎面而來的是和我同為戲劇社一年級的——

「岡部……？」

岡部打開傘默默走到我跟前站定後，一語不發，低垂著頭。

岡部是個個子嬌小，戴著黑框眼鏡的女孩，留著一頭遮住臉龐的長鮑伯頭。由於不同班，我幾乎不曾和她說過話。社團活動時，她也是做燈光、音響等幕後工作，不太和其他人接觸，我原以為她或許是喜歡獨處。

「……妳會來這裡就表示，是妳把我的鞋子藏起來的嗎？」

岡部的嘴巴有些猶疑地開開合合，最後無言點頭，不肯看我的眼睛。

「在室內鞋裡放圖釘的也是妳？」

岡部皺起臉，用沒拿著傘的那隻手遮住眼睛，雙肩上下起伏。細白的指縫中傳出顫抖的聲音。

「對不……起。對妳做了這麼……過分的事。」

原本束縛心臟的緊張和不安，似乎因為這句話一點一滴逐漸消融了。那個來路不明、威脅我的惡意終於揭開了面紗，原來是個和我同年、瑟瑟發抖的女生。

我緩緩嘆氣，將殘留在心裡的怨恨吐出。

「那個……雖然我也很難過，很害怕，很不甘心，但既然妳願意道歉，我也會努力原諒妳。所以，可以告訴我為什麼妳要做那種事嗎？如果我有不對的地方，我也想道歉和改進。」

岡部放下遮著臉的手看著我。紅通通的雙眼帶著淚痕。

「……我討厭妳和星野老師感情很好的樣子。」

「咦？」

岡部的答案出乎我意料。因為，我完全沒有自己和星野老師感情好的感覺。像是看出我的想法，岡部眼中滲出不滿，繼續說道：

「他不是開車和妳一起回家，借傘給妳，你們兩個人還在走廊上說話嗎？」

「不，那是因為我的傘被偷了，正不知道該怎麼辦的時候老師剛好出現，完全沒有感情好這回事。」

「可是，他摸了妳的頭髮，你們不是在交往嗎？」

臉頰因為這句話而發燙。原來那天被看見了。

「那只是老師自己伸手……重點是，我一直有喜歡的人，相信我。」

「是這樣嗎？」

岡部無助地看著我。岡部的外表雖然不起眼，卻有種讓人想保護她的可愛呢。

「是啊。所以妳放心，我和星野老師之間什麼都沒有。妳喜歡老師吧？」

岡部紅著臉，點點頭。

「從他當老師之前就……」

「咦？你們之前就認識嗎？」

「我哥哥有參加劇團，我偶爾也會去幫忙，我們是在那裡認識的。」

據岡部說，她在劇團命運般地認識了星野老師，他們平常會聊聊天，老師偶爾對她也很溫柔，因此徹底喜歡上了他。隨著大學畢業，老師同時也離開了劇團，兩人能見面的機會因此減少。

正當岡部為此沮喪不已時，知道星野老師要來自己高中任教的消息，她說自己真的又驚訝又開心。能和一直憧憬的對象重逢，卻看到其他女孩子百般討好那個人的話，應該會心急如焚吧。

「不過，就算這樣，找我麻煩也無法解決任何事喔。」

岡部再度恢復泫然欲泣的表情，低頭道歉。

「真的很對不起。我無法壓抑自己的情緒，像瘋了一樣。」

沒錯，動心的情緒就像怪獸，一旦失控便難以應付，甚至會牽連一些自己也想不到的舉動，我也得小心才行。

岡部放下身後的背包打開拉鍊，從裡面拿出某個裝在塑膠袋裡的東西交給我。我收下後往袋裡一瞧，竟然是那雙不見的樂福鞋。原來她把鞋子好好收起來了，我放下心中大石，鬆了一口氣。

「謝謝。」

我微笑道謝。岡部波浪鼓般地搖頭。

「妳願意原諒我嗎？」

「嗯——我之前真的很難過又很害怕喔。」

「嗚嗚，我想也是……」

岡部眼眶再次泛出淚光。感覺她已經充分反省，鞋子也還給我了，反擊到這邊就差不多了吧？

「那，妳願意聽我的要求嗎？如果能做到的話，我就原諒妳。」

「嗯，嗯，如果我能做到的話……」

「和我當朋友吧。」

一聽到這句話，岡部的臉龐瞬間亮了起來。

「嗯，嗯，當朋友！可以嗎？」

「那答應我，就算因為嫉妒而難過，也不要再暗地找別人麻煩了。」

「嗯，我答應妳。」

「還有，雖然現在妳和星野老師是師生關係不可以，但如果畢業後妳還喜歡他的話，要好好向老師傳達妳的心意。」

「嗯，嗯……我會努力的。」

岡部在胸前握緊拳頭。她應該是個本性善良的女孩吧。

和好的我們一起前往遲到的社團活動。向社長道歉，換上體操服後，我們開始拉筋。此時，星野老師還沒來。

▶▶

星期一一到學校我就和坐在前面的友人搭話：

「小河原，知道的話跟我講一下，你有聽過什麼關於星野老師的黑暗八卦嗎？」

小河原轉過身，像是在看什麼神奇東西般地看著我。

「喔喔，怎麼回事？太難得了，八朔朔竟然對別人的事有興趣？……話說，你長相是不是變了啊？」

「咦？有嗎？」

「嗯，你之前的臉感覺像看著某個遙遠的地方在發呆，現在則像是盯著很近的未來一樣，感覺很有精神。」

經小河原這麼一說，我才發現這個朋友比我想像中還要注意、關照著我，真是令人感激。

「嗯，發生了一些事。」

「這樣啊這樣啊，很好喔。好，關於星野老師的八卦，我的確聽過暗黑版的啦，但大都是男生們為了拖垮星野身價故意傳的那種。可是星野迷妹們似乎根本不介意那些傳聞。」

繪里也說過一樣的話。學校這種地方，到哪裡都一樣嗎？

「啊啊，不過，那個大概有點可信度喔。聽說他和原本是自己學生的女大學生在交往。」

果然，只有八卦程度的內容似乎無法成為有用的情報。我姑且向小河原道謝。

「是嗎？謝謝。」

「沒事啦。話說，你上星期五怎麼了？感冒了嗎？」

「咦？啊啊。」

發生太多事都忘了。這麼說來，我星期五是以病假來處理。在那之後，我去了夢裡看到的捐贈者女生家，在那裡過夜，闖到那個女生的朋友家被威脅要報警，埋了時空膠囊，隔天挖出來，失去意識，在購物中心約會，在醫院裡跟她的朋友和好，然後回來了——這種事怎麼可能講出來？

「……發生了一些事，有點拚。」

本來已經做好會被進一步追問的準備，小河原卻只是挑眉低吟了一聲「嗯——」然後別有深意地勾起嘴角說：

「不錯嘛。」

他朝我豎起右手大拇指，轉回黑板的方向。雖然跟預期有些落差，但這種距離或許也是這傢伙的一種體貼吧。我真的很感謝他。

目光不經意轉向窗外，晨光貫穿了厚重的烏雲，灑落一道雲隙光。

我在午休時間造訪教師辦公室時並沒有找到星野老師，不過，卻和導師談了一番，得到一些關於星野老師的情報。導師似乎和星野老師感情不錯的樣子，連他的經歷和興趣都爽快地告訴了我。大概是很高興平常冷淡的我這麼積極吧。

數學課雖然能看到星野老師，但下課後老師被女生團團圍住，不是能搭話的情況。放學後，我再次前往教師辦公室，終於成功逮到星野老師。

「咦？八月朔日，怎麼了？身體好一點了嗎？」

老師坐在自己的椅子上，露出柔和的微笑，抬頭望著我。桌上擺著參考書和題庫等各式各樣的資料。

「是，已經沒事了。我有話想和老師談談，老師有空嗎？」

聽到我的話，星野老師一臉歡喜。

「哦，談什麼？數學課的事嗎？」

「不，是關於鈴城葵花的事。」

老師的笑容看起來有一瞬間僵住。是因為我在懷疑這個人，還是因為我現在冷靜得連自己都覺得不可思議，可以察覺到這些細微的變化了呢？

「啊，你說過你們之前是筆友？」

「……嗯。那個，這裡有點吵，我們能不能到哪裡單獨談談呢？」

「這是約會邀請嗎？抱歉，我的行程已經排到很後面——」

「抱歉，我是認真的。」

為了打斷老師玩笑而說出的話語比我想像的還大聲，視線一隅映出了附近老師窺視這裡情況的模樣。大概是這樣很有效吧，星野老師聳聳肩說：

「好。不過，我要製作明天上課用的教材，結束後也必須到戲劇社露臉。雖然有點晚，但如果要長談的話可以等那之後嗎？」

「好的，我等老師。」

我低頭行禮，離開教師辦公室。無論夢裡看到的葵花過去是自殺還是他殺，在她失去性命前，我無論做什麼都要避免這件事。為此，我得知道更多情報，知道到底是什麼逼她走上絕路。

心口傳來針扎般的刺痛，我皺起臉，痛感馬上就消失了。我鬆了一口氣，要是在學校昏倒的話就糟了。

放學後的走廊因前往社團活動的學生、腳步匆匆回家的人、聚在一起聊天、興致高昂的人群熱鬧不已，還聽得見管樂社小號與長號練習的聲音。那是在練跑的聲音嗎？明明今天也下著小雨，操場上依舊聽得到運動社團的吆喝聲。

這裡的每一個人，都在這段名為青春的時光中擁有自己的生命，竭盡所能地歌頌。我沒有那種熱情，葵花則是放棄抑或是被奪走了那些。我緩緩吐息，走在走廊上，一陣輕微的暈眩襲來，腦海裡響起聲音。

（八月朔日。）

「葵花，妳醒啦？」

葵花在我腦海裡點頭。

（八月朔日，如果錯了的話我很抱歉……）

「嗯？」

（你該不會是……想改變我的過去吧？）

我不自覺停下腳步。雖然猶豫著該怎麼回答，但我的反應大概已經成為無言的答案了吧。

（你想救我的心意，我很高興……但你的身體裡有我的心臟對嗎？）

左胸不安地跳了一下。雖然我沒有直接跟葵花說過這件事，但她醒來時由某些事得知這個事實也是理所當然的吧。我實在無法再蒙混過去了。

「……嗯。我是妳的心臟受贈者。」

（那，如果改變我的過去，我活下來的話，你會怎麼樣？）

果然會想到這一層吧？我不能讓溫柔的妳察覺我的企圖。

「……我不知道，也不能去想這件事。」

（不行，你必須好好想想！如果我活下來卻變成你要死的話，就不要想救我的事了。）

妳別這麼說。

我看向走廊窗戶的外頭，從二樓俯瞰，離校學生們手中的雨傘盛開齊放，宛如落在河流上的花朵，中庭的繡球花迎著雨滴搖曳。

「我在這條命身上，感受不到什麼價值。即使從妳身上獲得生命的根源活了下來，也一直覺得自己是為了妳的心臟才繼續活著的。」

我從肺部感受到葵花屏住了氣息。

「不過，若是要我找出自己的生命價值的話……我認為，或許能拯救過去的妳就是我的生命價值。那一定是只有我才能辦到的事，我甚至對這條性命有可能做到這件事而感到驕傲。」

心口悲傷地發痛，那是妳的感情吧？

「所以，一定要讓我救妳。」

眼中映照的景色模糊渲染開來，眼睛落下一滴淚。

（……梨棗纍纍不見君，黍粟結實成相思──）

腦海中葵花的聲音哼著她喜歡的和歌，她顫抖著接著說：

（我只是想好好以「自己」的樣子去見你，可是，事情為什麼會變成這樣呢？）

兩滴、三滴，葵花落下一串串淚珠。葵花，妳不要哭。

「雖然這樣說有點輕率，但如果事情沒有這樣發展，我們就無法相遇了。我們會在不知道彼此存在的情況下活著然後死去吧？」

我拂去葵花的淚水，繼續說：

「不過，因為現在這個狀況，我認識了妳，妳也認識了我，我們之間有了聯繫。而現在，因為這份聯繫，我才能救妳。我認為這是很美好的命運。」

覆蓋天空的雲層稍微散了開來，在雨中降下了帶著夕陽色澤的光梯。我好像能理解古時候的人為什麼會認為那裡存在著神明了……

「就算妳活下來，我也不一定會死。到時候，我會去見妳。如果，我不能動的話……」

那是極為美麗、神祕的光景。

「妳就來見我吧。」

葵花用力點了好幾次頭。

（嗯，嗯，說好了。我一定，一定會去見你。）

實際上，我們從未以「我們」的樣子見過面。即使如此——

走廊上，我再次跨出步伐，接著妳剛剛哼的和歌。

「——蔓草相依偎，待得重逢時，蜀葵花盛開。」

我們一直夢想著有一天能夠再次重逢。

◀◀

正當我在練習秋季成果發表會的劇本時，胸口一如往常沒有任何預兆的，宛如點起一盞燈般出現了溫暖的熱度。

「啊！」

我下意識喊出聲。八月朔日來了。雖然高興，可惜現在是社團活動時間，所以不能和他聊天。

戲劇社沒有專用的社團練習教室，我們將空教室的桌子全部移到一邊充當觀眾席，再利用剩下的空間排戲。目前沒有我出場的戲分，所以正在一旁觀摩學長姊演出。

「鈴城，怎麼了？」

待在一旁，正在劇本上標記音響時間點的岡部看著我。

「啊，不，沒事。」

我急忙敷衍。就算說：「剛才我說的那個喜歡的人來了。」也只會被當成怪人看待。

八月朔日大概是掌握了狀況，一直保持沉默。儘管如此，他現在在我的身體裡，和我共享我的所見所聞以及觸碰到的事物。胸口的悸動不停加速，當我焦躁難耐看著表演時，教室的門開啟，星野老師現身了。左胸的心臟「怦怦」跳了一下，身旁的岡部看起來也像縮了一圈。

老師小聲說了句：「繼續。」後，抱臂倚牆，看著學長姊表演。有劇團經驗的老師對於戲劇的建議精闢又令人能夠理解，他似乎已經獲得社員們的信賴了。

一幕戲終了後，社長以拍手代替打板。社長田中學姊是從寫劇本、演戲到導演都能包辦的全能型選手，一方面也是因為我們社員很少就是了。

星野老師站直身軀，為剛才的戲提供建議。

「嗯，大家都很棒喔。台詞記得很清楚，也都有好好投入感情。不過，可以試著注意一下將整體台詞的咬字再放慢一些。即使覺得自己是用平常的速度說話，但客觀來看或聽的時候，其實比想像中還快。可能的話，可以用錄音或錄影的方式記錄表演內容，回頭檢視。」

「原來如此，這個好吔。我們現在就來試試吧。」

語畢，田中社長從自己的包包裡取出手機操作幾下之後，交給我身旁的岡部。

「岡部學妹，可以拜託妳嗎？」

「啊，好的。」

岡部聽社長說完簡單的操作方式後，擺好位置。雖然覺得留下紀錄有點害羞，但不這麼做便無法站上舞台吧？我調整心態，心裡帶著八月朔日，起身準備自己登場的戲分。

社團活動結束大家解散後，我向岡部道別，離開了教室。一到走廊便馬上摀住嘴巴說話。

「八月朔日，謝謝你剛剛都沒說話。」

（嗯，妳的表演很棒喔。）

「現在還在練習階段，很害羞吔。」

（對了，剛才那個女生，妳拒絕她沒關係嗎？）

社團活動結束後，岡部約我一起回家，由於我想早點和八月朔日說話，便以有事為由拒絕了。說了要當朋友卻做了不好的事，胸口因此刺痛了一下，但面對不知何時會來臨的八月朔日，我也想珍惜兩人共處的時間。

「沒關係，我明天再向她道歉。啊，對了，你看！我把買的手機殼裝上去了，很可愛吧？」

我從包包裡取出手機，將包覆在長著軟綿綿兔耳朵外殼裡的手機拿進視線裡。

（啊，啊啊，那個啊。呃，那是，昨天嗎？）

「對啊，你已經忘了嗎？」

我一嘟起嘴——

（因為我很常睡昏頭嘛……）

他馬上轉移焦點笑著說。

回頭一想，埋時空膠囊的那一天也是這樣。這種微小的不協調感。那天，他問我今天是星期幾。如果過著普通生活，應該不會忘記星期六吧？

雖然無法表達得很清楚，但我有種感覺，八月朔日有哪裡不太對勁。

（……對了，葵花。我接下來說的事可能有點奇怪，但可以請妳好好放在心上嗎？）

「咦？嗯。什麼事？」

雙腳來到鞋櫃前。這麼說來，我今天有兩雙類似的樂福鞋，要穿哪一雙回家呢？

（今後無論發生多麼痛苦的事，請妳絕對不要拋棄自己的性命。）

「咦？」

（還有，如果出現想要傷害妳的人，就盡全力逃跑，叫我……不對，叫警察。）

八月朔日在說什麼理所當然的事啊？然而，那些下意識感到奇怪的幾片拼圖，似乎在我心裡一片一片合起來了。

為什麼八月朔日會出現在我的身體裡？

為什麼出現的時候總是在白天？

為什麼他會關心我？
為什麼要跟我確認星期幾？
為什麼不告訴我理由要我埋時空膠囊？
為什麼那天低聲說他會保護我？
為什麼昨天我提議交換聯絡方式時胸口會痛？
（葵花……？怎麼了？）
見我一直杵在鞋櫃前，八月朔日擔心地問。
「八月朔日，我也可以說一些奇怪的話嗎？」
（咦？什麼話？）
跟剛才立場對調了呢，我微笑。
然後，我試著將大腦導出的那有如玩笑般的結論，以玩笑般的口吻輕鬆說出口。
「八月朔日，你是未來的人嗎？我在那裡已經死了嗎？」

在他吃驚地吸了一口氣的同時，胸口的熱意消失了。

▶▶

被鐘聲驚起後，我現在已經不在葵花高中的鞋櫃前，而是自己學校的教室裡。

原本打算在星野老師社團活動結束前在教室裡打發時間的，看來我似乎不知不覺趴在桌上睡著了。

『八月朔日，你是未來的人嗎？我在那裡已經死了嗎？』

葵花的最後一句話依然留在耳畔。我一直很注意避免讓葵花知道她悲哀的結局，這次是我太心急了嗎？

不，這樣也好。如果告訴她可以改變她命運的話，這樣更好。

現在最重要的是——

喀噠，我從椅子上起身抓起書包，衝出教室。

在教師辦公室前的走廊等待時，可以發現即使離校鐘聲已響，學校裡仍有許多人。向看似顧問的老師打招呼、開心下樓的，是管樂社的人吧？背在肩上的包包裡大概收著他們重要的樂器。我右手貼著胸口，仔細確認重要的心跳。

沒多久，便看見星野老師下樓的身影。

「啊啊，八月朔日，你在這裡等我啊？抱歉，讓你久等了。」

「不會，畢竟是我任性的要求。」

老師說要拿個東西便走進教師辦公室，約莫一分鐘，他右手提著看起來很沉重的黑色公事包走出來。

「你說想去可以安靜說話的地方對吧？其實學生現在應該要回家了，但今天我就特別運用一下老師的特權吧。」

老師露出惡作劇的微笑，像說祕密一樣將食指立在嘴前，指頭上似乎掛了什麼。發出金屬聲響的那個東西，是在走廊日光燈照射下發出銀色光芒的鑰匙，以及記載鑰匙使用場所的小牌子。牌子上寫著「頂樓」。

「咦？要去頂樓嗎？外面不是在下雨……」

「你沒發現嗎？雨已經停了，而且今天是滿月喔。」

我跟在老師身後來到頂樓，雨勢如他所言已經停了下來。裹著暮色的風沒有平常的濕熱，反而帶著一股舒適的涼爽。太陽綻放茜色光芒，漸漸沉到遠方建築物的身後。再過幾分鐘，天空便會覆蓋在一片漆黑夜色中了吧。

「聽說這叫草莓月亮。」

在頂樓中央仰望天空的老師說。受老師影響，我也跟著看向天空。黃昏天幕中，一輪散發淡淡紅光的滿月從裂開的雲隙間浮現。

「草莓嗎？」

「戲劇社的女生都這樣稱呼六月的滿月。好像是美國吧，據說是因為接近草莓收穫季的關係才有這樣的名稱。不過，比起這個背景，她們似乎對

『和喜歡的人一起看草莓月亮戀情就會實現』這個迷信顯得更熱烈。」

老師看向我聳聳肩。

「真沒想到，我竟然會和男學生單獨看這種月亮，哈哈哈。」

「這樣啊……老師，關於鈴城葵花的事……」

不想浪費時間閒聊，我一開啟話題，老師便再次笑道：

「你個性真急呢。你有什麼想問的事嗎？我和她接觸已經是好幾年前的事了，不確定有沒有可以跟你說的事喔。」

紅色月亮落下的詭異光芒在老師臉上製造出深邃的影子，但他臉上浮現的，依舊是平常教室裡看到的那個彷彿戴著面具的微笑。

「嗯。那個……老師之前告訴我她自殺了。」

「……嗯，真的很遺憾。」

大概是因為這實在不是可以笑著說的內容，老師收起笑容，以低沉的聲音回答。

「她真的是自殺嗎？」

聽見我的話，老師停了一個呼吸的時間。

「什麼意思？」

「我昨天和她的好朋友聊過。對方說葵花不像是會自己結束生命的人，我也這麼認為。」

「或許是有連朋友都無法說出口的煩惱吧。我也是之後才知道的，似乎有人背地找她麻煩，不是嗎？」

「聽說老師曾經開車送她回家吧？」

黑暗中，老師挑起眉頭。我凝神細看，不錯過他任何一絲反應。

「啊，的確有過這樣的事呢。因為她鞋子不見一副很困擾的樣子，我就送她回家了……咦？怎麼？你現在該不會是在懷疑我吧？」

老師攤開手，輕笑幾聲，開玩笑地說。

「不，雖然不是這樣，但我想知道真相。」

「什麼真相，她都上吊自殺了，就是這樣吧。如果是他殺的話，警察早就調查證據了吧？」

「老師，你知道葵花不是上吊後立即死亡，而是上吊失敗後呈腦死狀態的事嗎？」

老師的表情沒有變化。不，是不能有變化吧。

「腦死狀態下器官是活著的。由於她有登記器官捐贈，她的母親決定尊重她生前的意志，將她的器官提供出去。」

晚風吹拂，雲層湧動。滿月隱去身影，夜色似乎增加了強度。

「當時，罹患限制型心肌病這種心臟病的我符合受贈者條件，收下她的心臟，接受了移植手術。直到現在，胸口還留有手術的疤痕。」

面對始終保持沉默的老師，我壓抑狂跳的心臟，繼續追擊。

「老師，你知道嗎？有些移植的心臟存有原本主人的記憶。」

對還不知道夢境後續的我而言，這不過是虛張聲勢在套話罷了，但在晦暗的月光下，老師舔了一下嘴唇。那是心理感到壓力或不安的信號。

「哦……很有趣的話題呢。」

雲層似乎綻開了，月亮再次散發光輝。老師低頭遮住了眼睛，嘴角看起來卻詭異地上揚。我無法從他身上移開目光。

「很神奇呢……所謂人類，只是水和蛋白質形成的肉塊吧？」

老師突兀地說，跨出步伐。我所站的位置，距離離開頂樓的大門大約幾公尺。老師以畫弧線般的路徑緩緩走向我——

「然而，為什麼那個蛋白質會將其他蛋白質視為無比珍貴的存在，無論如何都想得到對方，失去了，又會受傷到快發狂的地步……」

老師走到了我和大門之間，阻斷了我的退路。

「將那個蛋白質的存在或回憶當作內心的支柱活下去呢？我一直不明白這件事。」

雖然不清楚他想說什麼，我卻感受到一股來路不明、深不可測的恐懼。

「所以，形成那個心臟的蛋白質記憶，跟你說了什麼？」

星野老師抬頭看向我。滲血般的月亮照著他，俊美端正的五官浮現比面無表情更冰冷的微笑。

我將脫下的室內鞋放進鞋櫃，從塑膠袋裡取出岡部還給我的鞋子，放到地上穿好。心中滿是不可思議的騷動。

結果，直到八月朔日下次來為止，真相都不得而知。不過，從他最後的反應看來，我的推測未必有錯。

八月朔日是從未來進入我的身體裡的，而在他的那個未來，我似乎已經死了。

咚，心臟發出不安的聲響。

雖然不知道這個未來是多久以後，但這樣就能理解他之前說的「很遠的地方，很難見面」和昨天拒絕跟我交換聯絡方式的事了。時間不同的話，既不可能用訊息和電話聯繫，也不可能見面。

眼淚突然落了下來。

也不可能……見面。

這是多麼殘酷的事實啊。

埋時空膠囊那天，我們坐在河畔長椅上聊小學、國中學校流行什麼的話題時，我也感覺到了幾年的差距，那時還以為或許是地區之間的差異。是我想太多了嗎？還是青春期大腦創造出來的幻想呢？即便如此，這個假設卻冷冷地解釋了所有的疑問。

我在不久的將來會死。

八月朔日活著的世界裡沒有我。

我似乎已經知道，為什麼從更小的時候起就在我體內的他，一直都很寂寞的理由了。眼淚再度落下。

待在這裡會有其他學生，我不想讓人看見自己現在的臉。我哽咽地撐開傘，走到夕陽逐漸西下的室外。細小的雨珠滴滴答答落在傘上。

想見你，期盼有一天能夠見到你——我一直是這麼想的，也以為只要願意等待，總有一天會實現。

「嗚……嗚嗚……」

原來這是不可能的。

我沒辦法和喜歡的人見面。我會死。

「嗚哇……」

淚水接二連三落下。

我一直喜歡著你……一直想見你，可是……

八月朔日，你好過分。既然是不會實現的感情，為什麼要讓我喜歡上你？為什麼要做讓我有期待的事？為什麼要——

人總會一死，不用說我也知道。可是，我總以為那是位於朦朦朧朧、遙遠未來的事，即使現在不去思考也沒關係。只是模糊地想像，如果能和重要的人相識、結婚、生子，一起變老，在家人的環繞下平靜閉上雙眼的話就再好不過了。在那之前，我想盡情享受想做的事和美好的事。然而，我卻不能這麼做。

我已經不在意外表，整張臉哭皺成一團，拖著步伐走在路上。

「喂！」

一隻強而有力的手突然抓住我的右臂，我哭著轉身。站在那裡的是星野老師，手裡撐著那把曾經借給我的深藍色雨傘。

「鈴城，妳怎麼了？哭成這樣？」

「嗚……嗚嗚嗚，星野……老師……」

「總之，過來這裡，我不能讓哭成這樣的女孩子走回家。」

老師溫柔地拉著我走向停車場。已經搭過幾次的車子打開了副駕駛座的門，我在他的催促聲中坐了進去。老師也迅速坐進駕駛座，發動引擎。空調轉動，我開始吸入潮濕的空氣。

「……發生什麼事了嗎？」

我無法回答老師的問題。老師嘆了一口氣，緩緩踩下油門。

「總之，我先送妳回家。」

我垂下頭代替道謝。

車子穿過夜晚的雨幕，平穩奔馳。老師很安靜，車裡只有我流露出來的啜泣與吸鼻子聲。越想止住淚水，情感的奔流似乎越浩大。

打在車窗上的雨聲隨著接近家裡也逐漸轉弱、消失了。「雨停了呢。」老師說。我還是無法給出任何回應。

不久，車子抵達家門前。老師稍微探出身，望向沒有開燈的房子。

「妳家沒有人在嗎？」

「……爸爸媽媽都在上班。」

「嗯，他們大概幾點回來呢？」

看著車裡的電子鐘，我哭得筋疲力竭、朦朦朧朧的腦袋無法讀出老師這個問題的意圖。

「媽媽大概……再一個小時後吧。」

「原來如此。」

老師只說了這句話便再次踩下油門。車子聽話地緩緩前進。

「咦？那個，我在大門前下車就可以了……」

「難得雨也停了，我們稍微走一下散散心吧。我不能讓妳在這種狀態下一個人回到黑漆漆的家裡。」

老師往前開了一段路，將車子停在空地上，熄掉引擎。車裡變得靜悄悄的，就像前一刻還活生生在呼吸的生物突然停止呼吸、逐漸冷卻一樣。

老師解開安全帶走到車外，我無可奈何，只好跟在他身後。雨後的傍晚，風中帶著潮濕的味道。

「來吧，公主殿下，我們去散步。不要走得太急而弄掉妳的玻璃鞋喔。」

現在即使聽到老師的笑話我也笑不出來。我無精打采朝家裡的方向走，全副注意力都放在似乎會在不久的將來降臨的生命終結。

死因是什麼呢？生病嗎？還是意外？果然會很難受嗎？會很痛嗎？很恐怖、很寂寞嗎？

晦暗的恐懼中，浮現了八月朔日的身影。未來有那種神奇的技術可以進入過去的人的意識裡嗎？……不，如果可以理所當然做到那麼厲害的事的話，世界應該會變得更加亂七八糟吧？這樣的話，八月朔日到底是——

「所以，發生什麼事了？」

身旁星野老師的聲音令我回過神來。一直用這種態度面對關心我的老師或許很沒禮貌，但我不知道該說什麼。

「又有誰找妳麻煩了嗎？如果是這樣的話我會去和校長談，想辦法，妳跟我說。」

我搖頭。那件事已經解決了。我現在痛苦的事，跟誰說都無法改善。

我們經過的路上沒有一個人，只有一旁的住家燈光和設置在電線桿上的路燈為夜晚的道路灑下點點光芒。

「……老師……」

「嗯？」

「如果知道自己在不久的將來會死掉的話，你會怎麼做呢？」

星野老師隔了一個呼吸的時間，稍微思考了一下。

「這是個很有趣的問題呢。妳可以看到未來嗎？」

「不，不是那樣的。」

「這樣啊，如果是我的話，會很高興知道自己的生命期限吧。因為一直走在不知道何時能終結的浩瀚人生裡，就像被流放到沙漠一樣。然後，為了不留下遺憾，我應該會盡可能有效地運用剩餘的時間……當然，實際上沒遇到這種事，我也不知道自己能不能保持這麼積極的想法就是了。」

老師好堅強啊。還是說，所謂的大人都是這樣呢？

「到底發生了什麼事？我不能幫忙嗎？──我……」

老師腳下的皮鞋發出「叩、叩、叩」的聲響。

「我是真的把妳當作很重要的人。」

心臟像被人甜甜握住一樣，眼淚又快氾濫了。

什麼都無法回答的我就這樣抵達了漆黑的家門前。我向老師鞠躬行禮。

「那就這樣了。謝謝老師送我回來。」

「等等。」

老師叫住我。我停下走向玄關的腳步。

「我們什麼事都沒解決。我不想留現在的妳一個人。離妳媽媽回來還有段時間吧？」

「可是……」

微暗中，老師寂寞地瞇起眼睛。

「我啊，過去曾經無法保護重要的人遠離其他人的惡意，最後失去了對方，所以有了心理創傷。」

「咦……」

「所以，這也是我的自私，我不想放現在看起來受了傷的妳一個人。至少，能請妳讓我再陪妳一些時間嗎？」

我漸漸招架不住老師泫然欲泣的表情，垂下腦袋微微點頭後，打開玄關門鎖走入家中。老師跟著我走了進來，脫下鞋子。老實說，以我現在的心境如果一個人待在這個空蕩蕩的家裡的話，我也不知道自己會怎麼樣。因此，有一部分的我也覺得，只要有人待在身邊就能稍微安心。

我走進客廳，按下牆上開關，打開日光燈。燈光閃爍一下照亮了屋子。還好家裡沒有亂七八糟。

跟在我身後進來屋裡的老師將包包放在榻榻米上，視線環顧五坪大的和室說：

「嘿……原來有和室啊。榻榻米很棒呢，讓人很安心。」

「那我去泡茶。」

我正要前往廚房，老師抓住我的手腕。比想像中還要強勁的力道，令我心底一角竄起冰涼的寒意。

「那種事不重要，不用對我這麼客氣。重點是……」

「哇！」

老師一把將我扯過去，失去平衡的我跌靠在他的懷裡。他的手迅速圈住我的腰。

「妳再考慮看看，當我的東西吧。這樣一來，我就不會讓妳這麼悲傷。」

我的「東西」——這個人眼裡看到的，一定不是我。老師現在看著的，是落在他內心空洞裡的孤獨影子。事到如今，讓這個人進來家裡的危機感才開始在心裡擴散蔓延。

我用沒被抓住的手推開老師的胸膛。

「那是不可能的。」

「為什麼？」

「我不是說過我有喜歡的人嗎？」

「妳的那份喜歡，順利嗎？」

我無法回答，淚水再次落下。

「妳看？很難受吧？既然如此，就必須轉換心情。」

八月朔日——

腦海裡回顧起我們在夕陽下摩天輪裡的約定。

他說我們「要見面」。

騙人。就算這樣……

「就算這樣！」

淚水一顆顆落下，我的臉皺成一團，聲音顫抖地喊道：

「就算這樣，我也喜歡他，喜歡得無法自拔。」

一個呼吸後，老師低喃：

「我也喜歡妳啊。」

雖然不知道這是不是他的真心話，腦海中卻浮現了岡部泫然欲泣的臉。

「……有很多人仰慕老師，這些話請對那樣的人說。」

「能輕易到手的東西我不想要。」

這句宛如自言自語的話令我不寒而慄，被抓著的手腕隱隱作痛。

「……對不起，不管怎樣，我都不會當老師的東西。」

老師緩緩吸了一口氣，再緩緩吐息，鬆開我的手腕。

「知道了，我放棄。抱歉。」

老師以輕快的語調說道。一抬頭，只見他的臉上露出平日的笑容。我渾身失去力氣，跌坐在地，才發現心臟一直怦怦作響。

「那麼，當作是放棄的交換條件，我想拜託妳一件小事，可以嗎？」

老師以一種彷彿剛才和我之間什麼都沒發生過的口吻說話，同時走到他擺在榻榻米上的公事包旁，拿出了某樣東西。那看起來似乎是雙褐色的女用皮手套。

「其實，我有個認識的女生生日快到了，我準備了手套想當她的禮物，但我是男生，不知道這雙手套戴起來感覺怎麼樣，擔心會不會有問題。妳的手大小看起來似乎跟她差不多，我想請妳幫我戴看看。」

在夏天即將來臨的時節送手套當禮物不但奇怪，讓我試戴要送給其他女生的東西也很令人存疑。但都已經推開他的好意了，再強硬拒絕下去好像也不好。我坐在榻榻米上，收下老師手中那雙看起來很高級的手套。

手掌一伸入手套，柔軟的內裡便溫柔包覆雙手，溫暖貼合。即使雙手戴上，我試著輕輕彎曲手指，滑順的皮革也沒什麼阻力，感覺是雙很有彈性的好手套。

「嗯，我覺得不錯……」

「是嗎，太好了。」

老師微笑，再次從包包裡取出某樣東西。他為什麼要隨身攜帶那種東西，又為什麼要現在拿出來呢？

在我眼裡，那是看起來像延長線的東西。

▶▶

頂樓昏暗的月光下，我嚥下口水。我的計畫成功了嗎？還是說，我被拐進陷阱裡了呢？

「……是老師勒死葵花的嗎？」

「已經沒有方法可以證明這件事了，同時，也沒有否定這個說法的證據。」

老師斂起笑容，朝我逼近一步。為了和他保持距離，我退後一步。

「也就是說，真相已經從這個世界上煙消雲散了。你問問看原本那顆心臟主人的記憶不就好了嗎？你問她，殺死妳的，是這個叫星野的男人嗎？」

一步，又一步。

他一步步靠近，我一步步後退，這裡已經是——

「如果我已經知道真相的話，你會怎麼做？」

「誰會承認那是真相呢？結果只會被當成是一個有妄想症的可憐少年在胡言亂語吧？」

啪，冰冷的水滴落在臉上，天空似乎又開始下雨了。我緊握的拳頭顫抖，不是因為寒冷，而是恐懼和憤怒。

「天不從人願呢，對吧，八月朔日？」

老師突然親切地說道，接著又以宛如演戲般的誇張舉止繼續。

「越想要的東西越得不到；失去的事物不再回來，全部都會從手中的縫隙溜走。所謂的人生，實際上就是天不從人願。」

「你想說什麼？」

「有件事我沒跟任何人提起過，你聽聽看吧。我啊，曾經有個妹妹。開朗、溫柔，就像春天的陽光。」

曾經。我可以想像這個詞後面代表的意思。

「我還是個小鬼的時候，母親因病過世了。因此，一起被留下來的妹妹對我而言是非常重要的家人，可以說是我唯一的生存意義。可是啊……」

老師垂下頭，看不清他的表情。

「父親變了一個樣，開始對妹妹施暴。每晚、每晚，他反覆做著那些連說出口都令人厭惡的行為。我那時候也是個小鬼，遭受虐待也看不到反抗或是報警這些選項，只是每天一個勁兒地忍耐。然後有一天，當我從學校回家時，妹妹在自己的房間上吊——」

彷彿時間停止般，老師靜止了幾秒。我想像他說不出口的後續，想像那大概宛如扭曲靈魂的疼痛。葵花給我的心臟開始痛了起來。然而，就算這樣，也不代表能夠原諒他吧。

老師抬起頭。在我眼裡，貼在他臉上的微笑假面已經四分五裂了。

「我啊——我啊，一直都是這麼想的。重要的東西、得保護好的東西，必須放在手邊藏起來，不讓任何人傷害。」

老師的聲音微微顫抖。從這股顫抖中，似乎可以窺見這個人身上的黑暗和扭曲。

老師的右手痛苦地壓著左胸繼續說：

「但是，想要守護的東西，如果不想待在我懷裡的話，如果想成為別人東西的話——」

他的手無力地垂下。他低頭俯視雙手，瞳孔裡的顏色已經化成影子看不清了。

「就乾脆，用這雙手毀掉算了！」

「怎麼能——」

「你知道嗎？」

「……知道什麼？」

「這個國家每年自殺的人數大概超過兩萬人。其中，學生大約有一千人。每年有高達一千名的年輕人對世界、對未來和人際關係感到絕望、疲憊，拋棄自己的性命。每年，每年，每年喔。從事老師這種工作，有不少機會接觸到這樣的孩子。」

我配合逐漸逼近的老師不斷後退，腳跟撞上了硬物。我瞥向後方，將夜晚的漆黑抱個滿懷的操場，正在下方張開血盆大口。學校是不是因為頂樓沒有防止摔落的圍欄才不讓學生自由進出，採取借用鑰匙的形式呢？——腦海裡浮現出這種無關緊要的事。

「有段時期，我也想拯救那些孩子。我曾真心認為，或許這麼做我就能拯救自己了。但是，我什麼事都做不到。絕望是種病。我是老師，不是醫生。而且，我還不是普通的老師，是個生病的老師。我救不了他們，也就是說，我救不了自己。」

我轉向前方，瞪著星野老師，在心裡怨恨幾分鐘前毫無對策就跟著他來的自己。

「你跟之前那些拋棄生命的學生不同，你的眼瞳乍看之下很虛無，深處卻散發對生命懷抱責任感的光芒。你有必須活著的理由吧？不過——抱歉了，八月朔日。」

我微微屈膝，準備衝出去。就算是為了拯救過去的葵花，此刻，我也不能在這裡被殺死。因為，那等於她被殺害了兩次。我必須繞過面對我站立的老師，想辦法離開頂樓，回到過去告訴葵花才行。告訴她，絕對不要靠近這個想殺妳的傢伙。

「你沒有錯。不過，你的存在對我而言很危險。抱歉了，我必須事先排除風險。」

在這句話落下最後一個字的瞬間，我右腳踢向腳跟抵住的頂樓邊緣，朝老師右側衝去。同一時間，我也看到老師撲了過來。我撥開老師伸向我的手臂，卻馬上遭他另一隻手抓住領口扯過去，摔倒在水泥地上。

「呃啊！」

背部遭到重擊，呼吸有瞬間中斷。老師跨坐在我仰倒的身上，壓制我的手臂和胸口，他將體重施加在兩隻大拇指上擠壓我的咽喉。我……不能……

呼吸了。

「看來，把想要談談她的你帶來沒有人的這裡是對的。接下來，你將會對失去她的這個世界與看不到希望的未來感到疲憊，從屋頂跳下。」

身體使不上力，眼前隱約閃過死亡的氣息。原來，生命是這麼容易就破壞的東西嗎？

「呃……啊……」

血液彷彿集中到眼球和天庭周圍，視野一閃一滅地跳躍搖晃。

腦海裡回顧起夕陽下摩天輪裡的約定。

我說我們「要見面」。她流淚點頭。

葵花，葵花。

眼前景色暗成一片。

意識逐漸……遠離——

——我在葵花家的客廳醒來。

坐在榻榻米上的葵花不知為何戴著手套，眼前站著星野老師。他的手裡拿著延長線。我反射性地大喊，情感震動葵花的雙唇。

「葵花，快逃！是這個人殺了妳！」

葵花的肺迅速吸入空氣，從榻榻米上拔腿而逃。

她伸向客廳拉門的手遭星野老師捉住，手臂馬上被用力扯了回去，身體倒在榻榻米上。

「啊！」

星野老師跨坐在葵花的肚子上，準備把手中的電線纏上她的脖子。就算死命抵抗，女孩子纖細的手臂也實在無力抗衡。

「你為什麼……要做這種……事？」

「我啊，得不到想要的東西是不會罷休的，可是妳卻不當我的東西。讓想要卻得不到的東西在觸手可及的地方繼續閃爍發光，只是徒增痛苦罷了！」

「就算這樣，也不是你可以殺人的理由！」

「妳不是要我承認自己的內在嗎？過去，我一直抹殺它的存在，也沒有察覺到這樣的自己。是妳讓我察覺到，這就是我的內在，是真正的我！我太想用妳來填補我空虛的內在了！」

老師臉上露出崩塌的笑容，用力扳開葵花抵抗的手臂，將電線抵在她的脖子上。

◀◀

喉嚨漸漸遭冰冷的觸感壓扁，呼吸越來越困難。

原來八月朔日說的就是這個嗎？我接下來要被殺死了嗎？都是因為這個人，我無法見到八月朔日嗎？眼眶滲出不甘心的淚水。

「葵花，不要放棄！活下來！」

我的嘴巴大喊。八月朔日在我死去的未來裡期望我活下來。左胸的心臟怦怦怦怦，熾烈拍打。

「聽著，星野宗一！我是八月朔日行兔，從三年後的未來連結這個身體！」

老師收起笑容，露出詫異的表情。

「妳突然在說什麼？」

「你不相信也無所謂。不過，你對這名女性所做的事，我從頭到尾都看著。即使你殺了她，我的意志也能回到三年後，準備在那裡告發你！」

「哈哈哈！真是可愛的威脅。」

「星野宗一，興趣是兜風和撞球，從地方的公立高中畢業後進入東京的私立大學，取得教師資格。兒時母親因病過世，父親性情大變，在他的暴力下，最後也失去了最珍惜的妹妹。」

聽著八月朔日說的話，我看到老師的臉色越來越蒼白。這時，脖子上的壓力減輕了。

妹妹——我突然想起老師第一次開車送我回家我問他妹妹的事時，他的回答——

『只有囂張而已喔。不過長大分開後才發現，她果然是很重要的家人。』

原來，那些是謊話，是演出來的。他當時是用什麼心情說那些話的呢？掏空老師內在的空洞究竟有多深多黑呢？

明明處於遭人殺害的關頭，左胸口卻像被勒住一樣，因為這個想殺了我的人身上的孤寂而灼痛。八月朔日依然用我的嘴巴發言：

「怎麼樣？這些都是你沒和葵花說過的內容吧？在這個前提下，你還是要選擇殺害這個人，過著每天提心吊膽將來會以殺人犯身分被捕的日子嗎？」

「你……到底是什麼？」

老師抬起俯下的上半身，我的身體稍微取回了自由。我甩開纏繞在胸口的恐懼，使盡渾身力氣——

「喝！」

抬起膝蓋。膝蓋直擊老師胯下，傳來一股軟趴趴的奇妙觸感。

「咕唔！」

老師的臉皺成一團，搖搖晃晃失去了平衡，雙手撐住地板。我趁機移動身體，脫離他的下方。

「該死……」

老師爬開，拿著包包起身。大概是想逃走吧，他走向客廳出口，扶著拉門，肩膀上下起伏。

「——老師。」

這不是八月朔日的聲音，是我以自己的意志喊住老師。星野老師充滿血絲的眼睛看向我。

「雖然你對我做了很過分的事，但就結果而言並沒有殺我。所以，我不會報警。」

「什麼！葵花，這是很明確的殺人未遂吔！」

八月朔日吃驚地說。我搖搖頭。

「從剛才他說的那些話，我也知道老師的過去了。我好像稍微了解老師之前在車裡跟我說自己內在很寂寞的理由了。你一定很痛苦吧？或許痛苦到像我這樣的人同情都是不自量力。」

老師低頭，垂下視線。

「我的確很不負責任地說了『承認自己的內在』這種話。但這不是要老師直接成就自己的欲望或扭曲，而是在認識自己那樣的扭曲後，敞開心胸，獲得幸福。」

我深吸一口氣繼續說：

「剛才，我的脖子被勒住時，我有個很坦率的想法，我希望老師能幸福。這不是同情或憐憫，而是覺得經歷過痛苦的人，必須把痛苦的份都幸福回來。我認為老師有這個權利，也有這個義務……這世上一定有人不只是因為老師的外表，而是看到你的內在並喜歡上你。但如果老師不主動敞開內在的話，這件事就不可能實現。」

老師轉向拉門。我的話傳達出去了嗎？

老師說他是真的把我當成很重要的人。我不知道這句話是真是假，然而，我希望這個寂寞的人能幸福的心情是真的。

「……很抱歉叫住你，你走吧。然後，請努力幸福。」

我一說完，星野老師便側頭看向我，臉頰滑下一道淚水。世上所有人都是寂寞的個體。但是，我們應該能走近彼此，觸碰對方才對。

老師的嘴唇猶豫地開合了幾次後說：

「雖然這連藉口都不是……但我覺得妳很像我妹妹。抱歉，還有，謝謝妳。」

老師打開門離開客廳。幾聲腳步聲後，玄關的大門安靜開啟，緊接著傳來關上的聲音。

到此為止，我終於從緊張的情緒中釋放，渾身癱軟跪坐在地。

「呼啊啊啊啊——」

巨大的嘆息連同丟臉的聲音從嘴裡逸了出來。我脫下突然發現到的兩隻手套。這麼說來，這雙手套到底是做什麼用的呢？為了妨礙我抵抗？避免留下犯罪證據？事到如今，真相已經不得而知了。

（葵花，妳還好嗎？還好妳沒事……）

「嗯，謝謝你，八月朔日。我剛剛真的以為自己不行了——」

（我也很緊張……）

「不過，我很高興你大喊要我活下來，很帥喔。」

（咦？沒有啦，那種事——）

受到慌張的八月朔日影響，我的體溫似乎也連帶上升了。他一定很不習慣別人稱讚吧。我呵呵笑著，內心充滿暖意。

我果然……

「好喜歡你喔。」

（咦？）

我不小心說出來了。

「啊，等一下，剛才不算！我想等見面時好好表達的，等一下！」

（嗯、嗯，好。）

臉頰這次是因為自己的害羞而發熱，一定傳過去了。不過，胸口因為彷彿已經確認彼此心意的幸福感，很癢很舒服，沸騰到快窒息的地步。

不過，其中，也微微有股神奇的心痛。這是你的——

（放老師走真的好嗎？他不會又來攻擊妳嗎？）

八月朔日在擔心我，我有些高興。

「大概已經不會有問題了吧？而且，如果我又遇到危機的話，你會保護我吧？」

我最後稍微開了個玩笑，左胸傳出刺痛。

（那樣的話……）

八月朔日對回答猶疑不定的反應，令我的胸口也開始刺痛起來。我戰戰兢兢地開口：

「你剛剛說，你來自三年後的未來，對吧？」

（……嗯。）

他在我的腦海裡回答我說出來的問題。如今，我已經很習慣這種奇妙的體驗了。

「你是為了救我才進入我身體裡的嗎？」

（……一開始不是這樣，但能和妳說話後，救妳就變成我的目的了。）

「我得救了對吧？不會死了吧？」

刺痛。

（嗯，對啊。太好了，真是太好了。）

刺痛，刺痛。

「那！」

我無法壓抑情感大喊，眼淚也溢了出來。右手壓著不停作痛的左胸，我擠出聲音。

「那，我的胸口為什麼會這麼痛！是你在心痛吧？我得救了吧？可以在未來見到你了吧？」

我的左手動了起來，拭去眼角的淚水。

（別哭，葵花……）

我知道，雖然他這樣說，但我知道我的身體流的不只是我的眼淚。
「八月朔日。」
（嗯。）
「昨天我們不是搭了摩天輪嗎？」
（……嗯。）
「你跟我說，我們總有一天要見面吧？」
他的聲音沒有回答。相反的，左胸像是代替他說話般發出悲傷的哀鳴。
「那是騙我的嗎？」
（不是騙妳的。）
顫抖般的寧靜聲音。
「那為什麼……你討厭我嗎？」
（不是！）
強烈的否定，胸口發燙。既然如此，八月朔日會心痛一定是更深層、更悲傷的理由。

幾秒鐘的沉默後，八月朔日開口：

（抱歉，有件很重要的事我一直沒說。不過，已經到了得好好講清楚的時候了吧……其實，在這個未來的我……）

彷彿還有一絲遲疑，他用我的嘴唇吸了一口氣，溫柔地說：

（是移植了過世的妳的心臟活下來的。）

全身有如五雷轟頂。最後一塊拼圖拼起來了。八月朔日一直以來的行動、痛苦和眼淚，我全都明白了。

（所以，在妳活下來的未來裡，我活著的可能性大概很低吧。我也不知道改變過去後，現在這樣和妳說話的我會變得怎麼樣。）

「這麼重要的事為什麼你都不說！」

他流下眼淚，輕輕笑著。

（哈哈，果然這裡也惹妳生氣了，因為葵花很溫柔啊。）

「當然會生氣啊！什麼救了我你就不會獲救，太過分了！笨蛋！這算什麼啊！」

就算要我別哭，情感和淚水還是源源不絕地潰堤，止也止不住。

（抱歉……但這是我期望的結局。所以，即使我消失，妳也要讓自己活著。）

「就算你這樣說……」

（在消失前，我最後想說一件事。分別時講這種話或許會成為妳的一種詛咒，我也很猶豫……但還是希望妳能聽一下。）

等等，不要說什麼最後。

我泣不成聲，腦袋裡只充滿了他溫柔的聲音。

（葵花，我也……）

啊——

（喜歡妳。）

我剛剛明明說見面時再講的。

這樣簡直就像——

（我一直很喜歡妳。）

——就像訣別不是嗎？

（我覺得說出來可能會動搖自己的決心……所以之前一直轉移這個話題，對不起。）

淚水已經完全模糊了視線，心臟像要炸裂一樣，身體也漸漸失去知覺。

（謝謝妳用自己的生命在不同的未來裡救了我。）

明明該道謝的人是我。

（因此我才能像這樣跟妳連結在一起。然後再因為這樣，有能力拯救妳。我為我自己感到驕傲。）

我也有很多想說的話，有數不完想傳達的事。

可是，無論怎麼做都無法凝聚成話語。

（那時候，我說我們要見面是真心話喔。即使超越時間、獻出自己的生命，我也想見妳。請妳一定要相信。）

我一邊哭一邊不住地點頭。我相信你，怎麼可能不相信呢？

（啊！……唔、呃……）

八月朔日發出痛苦的聲音。

「咦！怎麼了？」

（大概是該走了。還好最後有時間能和妳說話。）

「咦……」

等等。

（再見了，葵花。我最喜歡妳了，妳要一直在光芒裡……）

等等！

「幸福地，生活——」

我的唇說出他最後的話語後，胸中的暖意便突兀地消失了。他總是突然消失。

可是，這一次，我知道他再也不會出現在我身體裡了，那份確信冰冷得凍人。

「啊……」

我什麼都還沒能說。

再見、謝謝，還有等一下。

「啊啊……」

明明剛才和他哭成那個樣子，眼睛又再次淚流不止。

「嗚……嗚嗚，啊啊啊……」

如果就這樣把身體的水分流掉、枯涸就好了。可是這麼一來，八月朔日拚上性命救的這條命就……

「嗚啊啊……嗚哇啊啊……啊啊啊！」

我必須活在這裡。

「哇啊啊啊啊！」

直到媽媽回來前，我就這樣像個孩子般，不停嚎啕大哭。

▶▶

「唔……」

回過神，發現我一個人躺在學校頂樓。四周黑漆漆的，空氣中瀰漫著細雨，唯有隱身在雲層後的滿月灑下微弱的光芒。我忍住渾身上下的疼痛，轉過身，採取四肢跪地的姿勢。

掐住我脖子的星野老師已經消失得無影無蹤。原來如此，過去大幅改變後就會變成這樣嗎？他現在應該活在「三年前沒有殺死葵花的現在」吧。如果是這樣的話，現在在這裡的我……

「呃啊……」

心口像是遭人用灼熱的棍子剜刮般，不斷發出令人難以置信的劇痛。感覺只要一大意，意識便會馬上中斷。眼底只有灰色的水泥地，但就連這個畫面都像是覆上沙沙沙的雜訊般模糊不清。毫不間斷的暈眩感扭曲著視野裡的所有景象。

「唔啊啊啊……」

口中咳出大量鮮血，濡濕一地，天空落下雨滴，漸漸暈開血泊的輪廓。

我會就這樣結束生命嗎？在這種地方，孤伶伶的一個人。令人害怕的孤獨與恐懼迎面襲來。

以葵花的死亡為前提而存在的我，與現在這個她沒有死去的世界相互矛盾。我的存在已經搖搖欲墜，彷彿漸漸被歷史扭曲吞噬的感覺，比單純的死亡更陰暗、可怕。我甚至覺得身後有片比黑暗更幽暗的虛無，朝我張開血盆大口。

不過這樣的話……

這樣的話，就代表葵花得救了。

「哈哈……啊哈哈哈！」

我笑了。

我辦到了，我辦到了，命運。我扭轉時空，拯救了一個女生。來吧，我的工作已經結束了，這條命可以隨祢喜歡拿去。

「啊哈哈……哈哈、哈……」

視線越來越模糊，這次不是暈眩的關係。溢出眼眶的眼淚夾帶臉頰旁的雨水滑落。

咚、咚，左胸口發出沉重詭異的聲響。

「……我知道。」

我們根本不可能見面。

「這不是當然的嗎？」

我們活著的時間不同。不，歸根究柢，是活著的前提不同。

「這種結果，我已經覺悟了。」

根本不可能有我們共存的世界。

「可是……」

明明已經覺悟了。

明明覺得這條命怎樣都無所謂。

「啊啊……」

太近了。

鞋子不見時和她說話。

下雨天，在回家的路上開心聊天。

一起去埋時空膠囊。

笑著在購物中心約會。

在火紅夕陽下的摩天輪裡約定「要見面」這種不可能實現的事。

透過她的手指觸碰她的臉頰、頭髮。

看了她寫給我的信。

還有在前一刻告白，跟她說我一直喜歡她。

「嗚啊啊啊！」

——喜歡得太深了。

「啊啊啊啊啊啊啊啊！」

我應該從頭到尾當個旁觀者，淡淡看著她的心臟留下來的過往事實，不要和她扯上關係，靜靜地拯救她才對。這麼一來，就不會這麼痛苦了。

「啊啊……葵花……」

她的聲音是那麼悅耳，她的體溫是如此令人憐惜。

她期待我的那一切讓我喜悅不已。

「葵花！」

想見妳。和妳在一起的幸福時光讓我不禁這麼想。

「我不想……消失……」

好寂寞，好可怕。

因恐懼和孤獨顫抖的腦袋，響起一道聲音。

（……八月朔日。）

我一驚，一陣清涼的微風拂過混濁不堪的腦袋。

「葵花……這個世界的妳，還在嗎？」

（嗯……你很痛、很難過吧？）

怎麼回事？竟然到最後還要將這個溫柔的女孩捲進來。我真恨這個無情的命運。

「抱歉，讓妳這麼痛苦……還有，我似乎也無法遵守約定了呢，對不起。」

聽完我的話，她頻頻搖頭。

（我沒事。至少最後讓我們在一起吧。還有約定，大概也沒問題吧。）

「……咦？」

（因為那個世界的我會找到你的，一定會去見你。所以，相信我。）

溫暖的淚水滑下臉頰。直到最後，都是妳在拯救我。

「謝謝……」

身體逐漸支撐不住，我緩緩倒向右側，現在已經感受不到疼痛了。

顫抖的左手緩緩移動，輕輕執起我的右手。

（我終於也可以說了。八月朔日，謝謝你，我最喜歡你了……）

我以殘存的意志驅動右手的手指，緊緊回握她的左手。

——謝謝。

雨終於停了。我們牽手仰望的夜空，浮現一輪泛著紅光的巨大滿月。

「和喜歡的人一起看，戀情就會實現」的草莓月亮，這個迷信或許意外是真的呢。

視線最後終於布滿了點點黑白雜訊。

聽覺也只剩下宛如雨聲的雜音。

身體碎成粉末的感覺從指尖逐漸蔓延開來。啊，我要消失了。但我也已經不害怕了。因為，最後有妳陪在我身邊。

雜訊與雜音逐漸增強。

然後，一切都……

消失了。

■

▶ ×

×													
	×	×	×	×	×	▶		×	×		◀◀		▶▶
	×	×	×	×							×		
	×	×											×
	×	×		×	×	◀◀		×					
	×	×		×									
	×	×	×	×		×							
	×	×											
	×					▶▶							
	×		×										
	×												
	×		×										
	×												
	×												
	×		×										
	×												
	×												
	×												
	×												
	×												
	×												
	×												
	×												
	×												
	×												
	×												
	×												
	×												
	×												
	×												
	×												
	×												

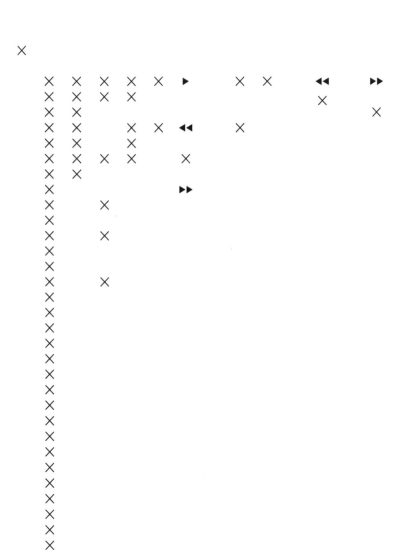

　　×××××××××××××××××××××××××××××××
×××××××××××××××××××××××××××××××××
×
　　×××××××××××××××××××××××××××××××
×××××××××××××××××××××××××××××××××
×
　　×××××××××××××××××××××××××××××××
×××××××××××××××××××××××××××××××××
×
　　◀◀
　　▶

第四章

重逢時，蜀葵花盛開

我一直在黑暗裡。

以為自己再也不會從這裡出去了。

以為自己會就這樣消失、死去。

五年存活率大約七成，十年存活率約四成，若是兒童的話則更嚴重——我是在身體還能動的時候，查到這些資訊的。我和這個病共處已經快四年了嗎？沒有剛好出現的捐贈者，每當我在床上虛度光陰時，都在看著自己朝未來那端越來越小的生命可能性前進，我已經放棄希望了。

吸入機器送進來的氧氣，再用機械打出去的血液運送。刺進手臂裡的針輸送營養，過著只是維持肉體機能的日子。住院後有段時間會來探病的小學朋友，如今一個也不剩了。

我在黑暗中醒來，盯著無邊無際、不會改變的現實，又再度於黑暗中沉沉睡去。

偶爾，我會從一個神奇又溫暖的夢裡感受到耀眼的光芒和希望，又看著它們徒留痛苦的憧憬，消失無蹤。

我連哭叫的力氣都沒有，只能靜靜流淚。
讓我結束這一切反而樂得輕鬆。
我深深切切期盼的，只有這件事。
我唯一的希望就是結束這一切。

然而，我聽見了某個人的聲音。

◀◀

那天，媽媽發現在屋裡嚎啕大哭的我吃了一驚。即便如此，直到我冷靜前，她一直溫柔有力地緊緊抱著我。她問我怎麼了，因為當時腦袋一片混亂已經記不太清楚，但我應該是哭喊著說：「重要的人不見了。」媽媽事後跟我說，她下班回家時，竟然從家門外就聽到了我的哭聲。真是太丟臉了。

「葵花，繪里來了喔——」

「好——」

我回答樓下的媽媽，拿著包包離開房間。

一來到玄關，打扮比平常時髦好幾倍的繪里已經在門口等著了，似乎還化了妝。

「咦？妳會不會太拚了啊？」

我一笑著搗亂，繪里便馬上興奮地說：

「因為是東京吔，是首都，是大城市！或許有機會遇到明星展開一段戀情啊！搞不好還會被星探挖掘啊！」

我再度笑了開來。

走出家門，外頭是萬里無雲的大晴天。梅雨過後的藍天毫不留情地發揮夏天的威力，毒辣辣的太陽曬著肌膚，我連忙撐開陽傘。

我和繪里走到車站搭電車，歷經十五分鐘的車程再轉車。我們在特急電車裡邊吃電車便當邊搖搖晃晃了兩個半小時左右，接著再花三十分鐘換乘兩種區間車。加上步行時間，一共花了大約三個半小時的時間，終於抵達目的地車站。為了這一天而打工一個月的薪水，有一半都消失在往返費用上。撇除家族旅行和畢業旅行，這是我有生以來規模最浩大的移動。

繪里在電車中一直興奮雀躍，坐立不安，一刻也冷靜不下來。在我說：「到了喔。」下達目的地車站的瞬間——

「咦？真的是這裡嗎？哪裡有大城市？令人厭煩的人潮呢？星探呢——」

繪里洩氣地說道。

如果整個東京都是那種大城市的話，街道應該會十分令人窒息吧。我們下車的車站雖說是首都東京的一部分，卻遠離都心。儘管有稍微大型的車站大樓卻沒有其他高聳的建築物。從有點骯髒的拱廊商店街來看，與其說是城市，「庶民老街」這個詞更符合其給人的印象。

我看著手機上的路線圖說：

「那，從這裡還要搭八分鐘的公車。」

「咦？還要移動嗎？」

「妳要在這附近玩嗎？」

「要。這裡看起來似乎也有些商店的樣子。」

我向繪里揮手，搭上公車。老實說，我原本非常擔心要獨自來這裡，所以有繪里跟著一起來真的幫了我很大的忙。或許，繪里是察覺到我的那份不安才要求同行的。

手機傳來通知，我打開通訊ＡＰＰ，繪里傳了張可愛的貼圖寫著「不用在意我，慢慢來♪」回覆後我望向窗外，再次深深覺得，一定要永遠珍惜這個朋友才行。

自從八月朔日跟我說再見後已經過了一年。

那天過後，有段時間我只是為了拯救我的八月朔日，抱著「必須活著」的義務感而行動。

即便如此，胸口失去了從小學就伴著我的那片溫暖，那片我最喜歡的溫暖，我彷彿成為一個空殼。我懷疑八月朔日是不是連我在心臟周圍的內部都帶走了。就像星野老師說的，內在被空虛填滿。我切身體會到失去重要事物、那種一直糾纏老師的痛苦。

每到夜裡，我就會鑽進被窩邊哭邊想著再也不會回來的八月朔日，不斷回想他的存在和話語，以免連回憶都消失殆盡。

那個從三年後的未來以自己的生命為交換，拯救過去的我的兔子先生。那個我在最後一刻什麼都無法對他說就消失的重要的人。每次想起，胸口就隱隱作痛。

不過，某天我突然發現——

發現後，事情其實很簡單。

三年的時間並不是那麼遙遠的未來。也就是說，對拯救我後消失的他而言是過去的——從我的角度來看是「現在的八月朔日」，應該存在於這個世界的某個角落。

命運改變、沒有移植我心臟的八月朔日。

第二天起，我便開始搜尋他的情報。八月朔日不太說自己的事，我所知道的只有「八月朔日行兔」這個名字而已。只有這個線索實在太不足了。即使我下定決心開口問繪里，她也只是笑著以一句「我怎麼可能認識？」打發了我的問題。

走投無路的我再三煩惱後，也去了教師辦公室找星野老師商量。我將寫了八月朔日名字的字條拿給老師看，他瞪大眼睛——

「這該不會是那時候的……」

「對，我想找他。」

「……這個姓非常少見，所以我印象很深刻。他跟現任教育部的女部長同姓呢。」

「咦！」

「妳平常沒在看新聞吧？」

老師帶著意有所指的笑容點出這件事，我滿臉通紅。

「如果是這麼特殊的姓氏的話，他們或許有關係吧。我有個住在東京的熟人在寫政治類的報導文學，我幫妳問一下。」

連起來了——事隔多日，感覺空氣終於通過了胸口。

「謝謝老師！」

我深深鞠躬道謝。老師輕輕揮了揮手，苦笑道：

「畢竟不管是妳還是他，我都欠了一大筆還不清的債啊。」

公車很快便抵達目的地車站，付錢下車後我立在原地。

抬起視線，一棟六層樓高的大型醫院巍然聳立在夏日陽光裡。

我花了將近一年的時間獲得這裡的情報。雖然星野老師多次幫我拜託那位熟人，但對方似乎也很忙，不太有機會能接觸部長的樣子。我望穿秋水，在焦躁不安的日子裡等待聯絡。

梅雨季結束，夏天過去，告別秋天，過了個年冬日也逐漸暖和後，我升上了高中二年級，沒有一天忘記過他。春櫻凋零，初夏新綠造訪大地，迎來沒有他的梅雨季，就在蜀葵花開始從底部綻放時……消息來了。

我向櫃檯詢問病房號碼，走在空調良好的醫院裡。

隨著一步步接近病房，內心百感交集，情緒越發高漲。曾經，我的內在不知不覺間填滿了不是空虛的別種東西，那是非常舒服、溫暖的存在。

就算世界上無人知曉我也知道——

位於不在這裡的某處、不是現在的未來，有個默默賭上自己性命，拯救我的英雄。

在這裡的他一定不認識我。即使如此也沒關係。他應該很痛苦吧？我要陪在他身邊，做我能做的任何事。

我握住門把，深呼吸一口氣。

緩緩打開沉重的房門後，明朗的陽光透過窗戶灑了進來。窗外，醫院中庭的花壇裡，無數的蜀葵花正搖曳著頂端的花朵，開心宣告漫長的梅雨季已經結束。

▶

我一直在黑暗裡。

我唯一的希望就是結束這一切。

然而，我聽見了某個人的聲音。

「八月朔日。」

我連這幾個連續的音節代表什麼意思都快忘了。

花了些時間才發現那是在叫我。

「八月朔日！」

那是我不曾聽過的聲音。

不過，震動鼓膜的那道聲音，令人有種神奇的懷念感。

「八月朔日行兔！」

我想要對方安靜，微微睜開了眼睛。

因刺眼光線而瞇起的眼睛裡，映著連在身上的無數條管子，那是早已看膩的日常光景。

不過，今天在管子旁，有個陌生女孩正笑中帶淚地看著我。

「我來見你了……八月朔日。」

陽光自窗外灑落，那個站在我床邊的人，漂亮的臉頰落下一顆顆寶石般的淚珠，執起了我的右手。

柔軟的手心包覆我的手掌，我從那股暖意裡感受到已經許久，真的是已經許久不曾有過的生命溫度。我用微弱的意志試著動了動右手的手指，回握她的手。

「梨棗纍纍不見君……」

不知為何，那首在夢裡聽過無數次的《萬葉集》和歌脫口而出。我的聲音在呼吸器下雖然沙啞，那個牽著我手的陌生女孩卻驚訝地瞪大了眼睛。不知為何，她的樣子讓人覺得可愛得不得了。

「黍粟結實成相思，蔓草相依偎……」

她接著我停下來的後續。

「待得……」

原來如此，或許，我一直在等這一天。

吸了一口氣，將空氣收入胸腔。兩人的聲音依偎重疊。

「重逢時，蜀葵花盛開。」

我唯一的希望就是結束這一切。

妳卻賦予我生命的意義。

▶▶
▶▶
▶▶

「要扶我的肩膀嗎？」

她含蓄地問。

「謝謝。我要靠自己的力量過去，可以在我身邊陪我嗎？」

「嗯，好。」

我拄著腋下枴杖，朝河畔的草原踏出一步。陪同而來的主治醫生在我身後說道：

「喂喂喂，你千萬別亂來喔。全人工心臟可不是萬能的。」

我的胸口裡，埋了一顆以塑膠和鈦合金做的全人工心臟。我轉頭回答：

「我知道啦。不過，我努力到現在就是為了這一天。請在那裡看著我吧。」

「……知道了，去吧。」

即使醫療技術日新月異，遺憾的是，現階段仍然不存在能夠完全取代人類心臟、讓患者毫無障礙生活的人工製品。人工心臟所扮演的，充其量不過是在心臟移植捐贈者出現或是人類開發出不用移植、完整的人工心臟前的

「過渡角色」。

不過，我會下定決心做這項手術，不用說，都是她的功勞。

原本只在人生落幕這件事上找到希望的我，現在對活下去的執著和迫切，幾乎滿到要撐破胸口。

我想活下來，想和她一起活著。

在床上度過將近四年的身體虛弱得令人絕望。連要能在人工心臟的許可範圍內獨力撐著腋下柺杖走路，都花了我好幾個月的時間拚死命練習。儘管如此，我的恢復狀況就算在全球的案例中似乎也屬稀有。

老實說，我不知道捐贈者何時會出現，也不知道現在左胸口裡跳動的人工心臟何時會出狀況。即使如此，只要她在我身邊，我就絕對不會死。

她緩步走在我身旁，不厭其煩地陪著無數次停下腳步、調整呼吸的我。當我終於抵達目的地後，她看著我露出微笑，鬆了一口氣。

這裡是河畔草原中唯一的一棵大樹旁。大樹枝葉繁盛，鬱鬱蔥蔥，梅雨季後的清爽微風將樹葉搖得沙沙作響，拂過我汗水淋漓的額頭。

「是這裡嗎？」我問。她點頭道：

「嗯，沒錯……不過，你真的沒問題嗎？還是我挖吧？」

「沒問題。我們約好了嘛。」

我自己沒有那個約定的記憶。不過，我相信她跟我說的我的另一個人生，並引以為傲。

從包包裡取出鏟子就地蹲下後，我開始挖著樹根旁的泥土。

正當我因超乎預期的運動量開始上氣不接下氣時，鏟子前端傳來碰到某種硬物的觸感。我小心翼翼撥開旁邊的泥土，拿起露出來的那個東西。大概是因為變質的關係，包著盒狀物體的塑膠袋馬上碎得破破爛爛，袋裡出現了一只生鏽的鐵罐。

「唉呀，生鏽了。畢竟也埋了好一陣子了，打得開嗎？」

「我試試。」

我一使力，意外輕鬆地打開了罐子。她從我身邊瞄向罐內。

「哈哈哈！有好好在裡面！好懷念喔！」

「這是什麼？信？……上面寫兔子先生收。」

「嗯。是我寫的情書。」

「什麼！」

內心因出乎意料的答案燃起嫉妒的火焰。這到底是寫給哪個傢伙的？

看到這樣的我，葵花呵呵笑著肩膀上下抖動，露出了幸福的笑容，就像是迎著河風搖曳的蜀葵花。

「你好好遵守約定了呢，我的兔子先生。」

她微微伸長背脊，親吻了我的臉頰。

後記

過去的痛，終將成為未來的甜

生命這條路只能向前，然而，過去卻不會消失。已經獲得的幸福不知不覺間成了「理所當然」，唯有失去的、從手中溜走的事物美得苦澀甘甜，綻放璀璨的光輝。

心愛的過去不會消失，我們卻只能往前邁進。即使不斷回首，時間仍會溫柔而殘酷地拍著你的背，將你推向前方，無法停留。

過去繁瑣而甜美，讓人忍不住捨去又不願鬆手。即使內心遭回憶的手臂扯住，垂頭喪氣，拖著步伐走在這條生命的道路上，也會一點一滴產生新的連結，增加重要的事物。人生的色彩與責任也會隨之增加。

就這樣不知不覺長大成人後，老實說，即使到現在我還是不知道生命的意義是什麼，仍是有苦痛。

某個落櫻繽紛的春天，我想拯救自己，內心卻不知不覺在寒冷的天空下委靡，胸口痛苦地拉扯。

不過，因為在這段路上得到的新連結和溫度與我同行，讓我深切感受到過去與未來是緊緊相連的。

以上，與本文小說沒有任何關係，只是我單純的想法。大家好，我是青海野灰。本書是我停筆後將自己逼到極限時，試圖做些什麼以找出生命的理由，如復健般寫下的作品。

對於在茫茫文字中找到這個故事的人、盡心將本書淬鍊到這一步的人、為書籍畫下絕美封面的 fusui，以及協助我在艱難中創造寫作時間的珍貴的人，我有說不完的感謝。當然，也謝謝拿起這本書，讀到這裡的各位。

可以的話，希望本書可以為我的生命之路帶來光明的契機。
也期望它能為某個人的內心帶來些許溫暖，這將是無比美好的一件事。

青海野 灰

國家圖書館出版品預行編目資料

相遇之時、盛開之花 / 青海野灰作；洪于琇譯 . -- 初版 . -- 臺北市：三采文化股份有限公司，2021.05--
面；公分 . --（iREAD：141）

ISBN 978-957-658-552-4（平裝）
861.57　　110005793

suncolor 三采文化集團

iREAD 141

相遇之時、盛開之花

作者｜青海野灰　譯者｜洪于琇
日文編輯｜李媁婷　美術主編｜藍秀婷　封面設計｜李蕙雲　內頁排版｜陳佩君
校對｜黃薇霓　版權經理｜劉契妙　行銷經理｜張育珊　行銷企劃｜陳穎姿

發行人｜張輝明　總編輯｜曾雅青　發行所｜三采文化股份有限公司
地址｜台北市內湖區瑞光路 513 巷 33 號 8 樓
傳訊｜TEL:8797-1234　FAX:8797-1688　網址｜www.suncolor.com.tw
郵政劃撥｜帳號：14319060　戶名：三采文化股份有限公司
初版發行｜2021 年 5 月 28 日　定價｜NT$360
2 刷｜2021 年 9 月 25 日

suncolor

suncolor